FICHES détachables

W0307849

Objectif BAC

SPÉCIALITÉ

SES

Olivier THIERRY
Professeur agrégé de Sciences économiques et sociales

Virginie DUBOIS
rofesseure certifiée de Sciences économiques et sociales

Auteurs du dépliant
SES
Virginie DUBOIS
Grand Oral
Conseils généraux : Isabelle de LISLE et Sylvie BEAUTHIER
Exemples de questions : Virginie DUBOIS

hachette
ÉDUCATION

Pour réviser efficacement !

Des fiches synthétiques et complètes

Un plan clair et efficace

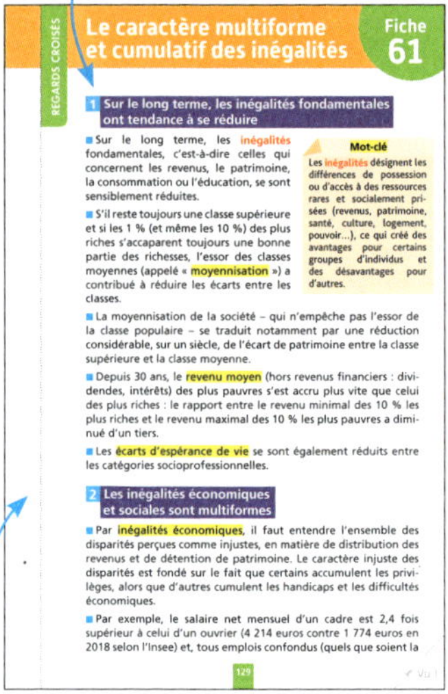

REGARDS CROISÉS

Le caractère multiforme et cumulatif des inégalités

Fiche 61

1 Sur le long terme, les inégalités fondamentales ont tendance à se réduire

- Sur le long terme, les inégalités fondamentales, c'est-à-dire celles qui concernent les revenus, le patrimoine, la consommation ou l'éducation, se sont sensiblement réduites.
- S'il reste toujours une classe supérieure et si les 1 % (et même les 10 %) des plus riches s'accaparent toujours une bonne partie des richesses, l'essor des classes moyennes (appelé « moyennisation ») a contribué à réduire les écarts entre les classes.
- La moyennisation de la société – qui n'empêche pas l'essor de la classe populaire – se traduit notamment par une réduction considérable, sur un siècle, de l'écart de patrimoine entre la classe supérieure et la classe moyenne.
- Depuis 30 ans, le revenu moyen (hors revenus financiers : dividendes, intérêts) des plus pauvres s'est accru plus vite que celui des plus riches : le rapport entre le revenu minimal des 10 % les plus riches et le revenu maximal des 10 % les plus pauvres a diminué d'un tiers.
- Les écarts d'espérance de vie se sont également réduits entre les catégories socioprofessionnelles.

Mot-clé

Les inégalités désignent les différences de possession ou d'accès à des ressources rares et socialement prisées (revenus, patrimoine, santé, culture, logement, pouvoir...), ce qui créé des avantages pour certains groupes d'individus et des désavantages pour d'autres.

2 Les inégalités économiques et sociales sont multiformes

- Par inégalités économiques, il faut entendre l'ensemble des disparités perçues comme injustes, en matière de distribution des revenus et de détention de patrimoine. Le caractère injuste des disparités est fondé sur le fait que certains accumulent les privilèges, alors que d'autres cumulent les handicaps et les difficultés économiques.
- Par exemple, le salaire net mensuel d'un cadre est 2,4 fois supérieur à celui d'un ouvrier (4 214 euros contre 1 774 euros en 2018 selon l'Insee) et, tous emplois confondus (quels que soient la

129

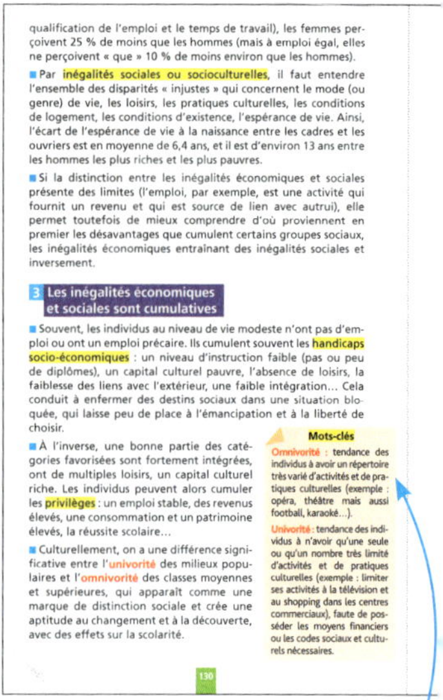

qualification de l'emploi et le temps de travail), les femmes perçoivent 25 % de moins que les hommes (mais à emploi égal, elles ne perçoivent « que » 10 % de moins environ que les hommes).

- Par inégalités sociales ou socioculturelles, il faut entendre l'ensemble des disparités « injustes » qui concernent le mode (ou genre) de vie, les loisirs, les pratiques culturelles, les conditions de logement, les conditions d'existence, l'espérance de vie. Ainsi, l'écart de l'espérance de vie à la naissance entre les cadres et les ouvriers est en moyenne de 6,4 ans, et il est d'environ 13 ans entre les hommes les plus riches et les plus pauvres.
- Si la distinction entre les inégalités économiques et sociales présente des limites (l'emploi, par exemple, est une activité qui fournit un revenu et qui est source de lien avec autrui), elle permet toutefois de mieux comprendre d'où proviennent en premier les désavantages que cumulent certains groupes sociaux, les inégalités économiques entraînant des inégalités sociales et inversement.

3 Les inégalités économiques et sociales sont cumulatives

- Souvent, les individus au niveau de vie modeste n'ont pas d'emploi ou ont un emploi précaire. Ils cumulent souvent les handicaps socio-économiques : un niveau d'instruction faible (pas ou peu de diplômes), un capital culturel pauvre, l'absence de loisirs, la faiblesse des liens avec l'extérieur, une faible intégration... Cela conduit à enfermer des destins sociaux dans une situation bloquée, qui laisse peu de place à l'émancipation et à la liberté de choisir.
- À l'inverse, une bonne partie des catégories favorisées sont fortement intégrées, ont de multiples loisirs, un capital culturel riche. Les individus peuvent alors cumuler les privilèges : un emploi stable, des revenus élevés, une consommation et un patrimoine élevés, la réussite scolaire...
- Culturellement, on a une différence significative entre l'univorité des milieux populaires et l'omnivorité des classes moyennes et supérieures, qui apparaît comme une marque de distinction sociale et crée une aptitude au changement et à la découverte, avec des effets sur la scolarité.

Mots-clés

Omnivorité : tendance des individus à avoir un répertoire très varié d'activités et de pratiques culturelles (exemple : opéra, théâtre mais aussi football, karaoké...).

Univorité : tendance des individus à n'avoir qu'une seule ou qu'un nombre très limité d'activités et de pratiques culturelles (exemple : limiter ses activités à la télévision et au shopping dans les centres commerciaux), faute de posséder les moyens financiers ou les codes sociaux et culturels nécessaires.

130

Des fiches pratiques à emporter partout

Les mots-clés définis

Conception graphique
Couverture : Stéphanie Benoit
Intérieur et dépliant : Manon Guérin

Réalisation
Couverture : Stéphanie Benoit
Mise en pages : Médiamax
Édition : Justine Massel

www.parascolaire.hachette-education.com
ISBN : 978-2-01-715805-9
© Hachette Livre 2021, 58 rue Jean Bleuzen, CS 70007, 92178 Vanves Cedex
Tous droits de traduction, de reproduction et d'adaptation réservés pour tous pays.
Achevé d'imprimer en octobre 2021 en Roumanie par Rotolito Romania
Dépôt légal : novembre 2021 - Édition 01 - 56/7220/2

Sommaire

Les fiches en rouge font partie du programme du Bac les années impaires, celles en bleu sont évaluables les années paires. Les autres fiches sont toujours au programme.

Sociologie et science politique

Regards croisés

Descriptif de l'épreuve et conseils

L'épreuve écrite porte sur une partie du programme de l'enseignement de spécialité SES de la classe de Terminale : 8 chapitres (jusqu'en mars) sur les 12 qui composent le programme (jusqu'en juin). Les notions étudiées en classe de Première doivent être connues et mobilisables.

À noter

L'épreuve dure **4 heures**. Elle est notée sur **20 points** et a un **coefficient de 16**.

L'épreuve se compose de deux sujets à traiter au choix : la **dissertation** s'appuyant sur un dossier ou l'**épreuve composée**.

1 La dissertation s'appuyant sur un dossier documentaire

• Si vous choisissez la dissertation, il vous est demandé de :
– répondre à la question posée par le sujet ;
– construire une argumentation à partir d'une problématique que vous devrez élaborer ;
– mobiliser des connaissances et des informations pertinentes pour traiter le sujet, notamment celles figurant dans le dossier ;
– rédiger en utilisant le vocabulaire économique et social spécifique approprié à la question et en organisant le développement sous la forme d'un plan cohérent qui ménage l'équilibre des parties.

• Il sera tenu compte, dans la notation, de la clarté de l'expression et du soin apporté à la présentation.

• La dissertation s'appuie sur un dossier qui comporte trois ou quatre documents de nature strictement factuelle. Il s'agit principalement de données statistiques (graphique, tableau, carte, radar, etc.) ; un document texte peut figurer dans le dossier documentaire à condition qu'il soit lui aussi strictement factuel (chronologie, extrait d'entretien, monographie, récit de vie, compte rendu d'enquêtes, etc.).

• Le dossier est mis à votre disposition pour vous permettre d'asseoir votre travail sur des informations précises. Les documents ne doivent pas donner lieu à un commentaire systématique et détaillé. De même, le dossier ne doit pas borner votre horizon : le recours à vos connaissances personnelles est encouragé.

2 L'épreuve composée

Cette épreuve comprend trois parties. Ces trois parties sont indépendantes : elles portent sur trois questions différentes et au moins deux champs du programme (science économique ; sociologie et science politique ; regards croisés).

Barème

La partie 1 est notée sur **4 points**, la partie 2 sur **6 points** et la partie 3 sur **10 points**.

Partie 1 : mobilisation des connaissances

Il vous est demandé de répondre à la question en faisant appel uniquement à vos connaissances.

Partie 2 : étude d'un document

Cette deuxième partie de l'épreuve est une étude d'un document statistique (graphique, tableau, carte, radar, etc.) comportant deux questions. Vous devez répondre aux questions en mobilisant vos connaissances et en adoptant une démarche méthodologique rigoureuse, de collecte et de traitement de l'information.

Partie 3 : raisonnement s'appuyant sur un dossier documentaire

• Il vous est demandé de traiter le sujet :
– en développant un raisonnement ;
– en exploitant les documents du dossier ;
– en faisant appel à vos connaissances personnelles ;
– en composant une introduction, un développement, une conclusion.
• Il sera tenu compte, dans la notation, de la clarté de l'expression et du soin apporté à la présentation.

3 Les questions évaluables selon les années

Les questions évaluables dans le cadre de l'épreuve sont différentes pour les années paires et les années impaires.

Années impaires	
Science économique	• Quels sont les sources et les défis de la croissance économique ? • Quels sont les fondements du commerce international et de l'internationalisation de la production ? • Comment lutter contre le chômage ?
Sociologie et science politique	• Comment est structurée la société française actuelle ? • Quelle est l'action de l'École sur les destins individuels et sur l'évolution de la société ? • Quels sont les caractéristiques contemporaines et les facteurs de la mobilité sociale ? • Comment expliquer l'engagement politique dans les sociétés démocratiques ?
Regards croisés	• Quelle action publique pour l'environnement ?

Années paires	
Science économique	• Quels sont les sources et les défis de la croissance économique ? • Quels sont les fondements du commerce international et de l'internationalisation de la production ? • Comment expliquer les crises financières et réguler le système financier ? • Quelles politiques économiques dans le cadre européen ?

Sociologie et science politique	• Comment est structurée la société française actuelle ? • Quelles sont les mutations du travail et de l'emploi ? • Comment expliquer l'engagement politique dans les sociétés démocratiques ?
Regards croisés	• Quelles inégalités sont compatibles avec les différentes conceptions de la justice sociale ?

4 Quelques conseils pour la dissertation

• La dissertation consiste en une question qu'il s'agit de problématiser. L'argumentation que vous allez élaborer doit permettre d'y répondre.
• Vous devez donc :
– élaborer une problématique ;
– construire une argumentation répondant de façon structurée à la question, avec une introduction, un développement et une conclusion ;
– organiser votre développement sous la forme d'un plan équilibré et cohérent ;
– mobiliser vos connaissances de cours et les informations recueillies dans les documents qui accompagnent le sujet (texte, tableau, carte...) ;
– utiliser les notions spécifiques appropriées.

5 Quelques conseils pour l'épreuve composée

■ **Dans la partie 1 (mobilisation des connaissances),** il s'agit de :
– répondre à une question ;
– définir les notions du programme ;
– décrire en caractérisant ;
– illustrer à l'aide d'exemples ;
– expliquer un mécanisme ou une logique.

■ **Dans la partie 2 (étude d'un document),** vous devez :
– répondre à deux questions qui visent à exploiter le document fourni et le cours ;
– collecter les informations (choix et hiérarchisation des données chiffrées) ;
– traiter les informations en les décryptant et en réalisant des calculs personnels ;
– mobiliser vos connaissances de cours qui permettent d'expliciter les faits ou les phénomènes économiques, sociaux ou politiques.

■ **Dans la partie 3 (raisonnement s'appuyant sur un dossier documentaire),** il vous est demandé de :
– répondre à la question en développant une argumentation, c'est-à-dire convaincre en défendant une thèse ;
– structurer votre réponse avec une courte introduction, un développement de 3 à 5 paragraphes et une conclusion brève (il ne s'agit pas d'une dissertation) ;
– combiner les informations tirées des documents et vos connaissances de cours.

Les sources de la croissance économique

Fiche 1

1 La croissance se traduit par l'augmentation durable de la production, mesurée par le PIB

■ La croissance économique correspond à l'accroissement des richesses produites sur le territoire national, c'est-à-dire les biens et les services nouveaux créés.

■ La croissance économique est un processus qui dynamise la conjoncture économique par ses multiples effets. Elle se mesure par le taux de variation du Produit (ou Production) intérieur(e) brut(e), c'est-à-dire par l'écart relatif entre le PIB d'une année et celui de l'année précédente. Le PIB se comptabilise en additionnant les valeurs ajoutées, évaluées de façon comptable par l'écart entre la production et les consommations intermédiaires nécessaires à la fourniture de biens et de services. Les différents agents économiques déclarent ainsi chaque année à l'administration fiscale le produit de leurs activités.

Chiffres-clés

PIB de la France en 2020 : 2 302,635 milliards d'euros, ce qui place le pays au 5e rang du classement mondial des pays les plus riches.

■ Créer des richesses supplémentaires permet aux firmes de trouver des débouchés nouveaux à leur offre. L'espoir de réaliser du profit sur des marchés nouveaux stimule les créations d'entreprises et les activités productives.

■ L'État lui-même reçoit davantage de recettes fiscales (impôts, taxes, cotisations salariales) lorsque le PIB s'accroît.

2 La croissance provient d'une augmentation des quantités de facteurs de production et/ou d'une amélioration de leur efficacité

■ On parle de croissance extensive lorsqu'on utilise plus de facteurs de production, c'est-à-dire plus de capital (investissements en machines) et/ou plus de main-d'œuvre. Toute croissance supplémentaire nécessite davantage de moyens productifs.

■ On parle de croissance intensive lorsqu'on s'intéresse aux aspects qualitatifs, c'est-à-dire à l'efficacité productive : l'attention porte alors sur les gains de productivité issus d'une utilisation plus intensive du travail, sur une meilleure organisation, une gestion plus rationnelle…

Vu !

■ L'impact fort du progrès technique sur la croissance fait consensus, mais il est difficile d'en mesurer directement le poids, comme l'a montré Robert Solow. En effet, s'il est possible de chiffrer l'effet de plus de capital ou de travail, c'est par déduction que les pourcentages de croissance qui restent à expliquer sont attribués au progrès technique : il correspond donc à un « résidu » de la croissance.

Mots-clés

L'expression **Trente Glorieu** désigne la période de forte cr sance économique qu'a connu France, comme les autres gra pays industriels, du lendemain d Seconde Guerre mondiale jusq choc pétrolier de 1973.

■ Ainsi, si l'augmentation du facteur travail et du facteur capital explique la moitié de la croissance des **Trente Glorieuses**, l'autre moitié correspond à l'amélioration des gains de productivité globale des facteurs de production, c'est-à-dire au progrès technique.

3 Il existe trois façons de mesurer le PIB

■ Il existe en comptabilité nationale plusieurs façons de mesurer le PIB, ce qui permet d'identifier là où il est possible d'agir pour stimuler la croissance, en termes d'offre (conditions de production) et/ou de demande (conditions de consommation) :

– par la production : le PIB est avant tout un indicateur mesurant la production. Produit de richesses nouvelles, le PIB est la somme des valeurs ajoutées (VA) déclarées à l'administration fiscale, aux prix du marché, des recettes de TVA (TVA) et des droits de douane et taxes sur les importations (DD), à laquelle on retranche les subventions (S) :

$$PIB = VA + TVA + DD - S$$

– par les revenus : la production génère des revenus qui vont être versés à tous les agents économiques ayant contribué à cette production. Réparti sous forme de revenus bruts, le PIB est la somme des rémunérations des salariés (RS), de l'excédent brut d'exploitation (EBE), des sources fiscales (T = impôt sur la production et les importations – les subventions) et du solde des revenus avec l'extérieur (RX) :

$$PIB = RS + EBE + T + RX$$

– par les dépenses : les revenus versés grâce à la production (= l'offre de biens et de services) vont être dépensés et vont ainsi alimenter la demande de biens et de services. Le PIB est la somme de la consommation effective (CE), des frais d'investissement (formation brute de capital fixe, FBCF), du solde extérieur [les biens et les services exportés (X) moins les biens et les services importés (M)] et de la variation de stocks (VS) :

$$PIB = CE + FBCF + (X - M) + VS$$

Le rôle des institutions et du progrès technique dans la croissance

Fiche 2

1 Le progrès technique provient d'investissements en recherche et développement, souvent financés par l'État

■ On peut penser avec Thorstein Veblen (économiste et sociologue américain), que l'état des techniques *(state of industrial arts)* est un facteur incontournable de la croissance économique. Il faut entendre par là non seulement un système d'outils, d'instruments, de machines, de techniques, de savoir-faire… qui améliorent les structures productives, mais également un capital « collectif », un système qui est transmis de génération en génération.

■ Les responsables économiques et politiques ont une responsabilité dans la stimulation de l'innovation. Les entreprises ne disposent pas toutes des mêmes moyens financiers pour acheter des brevets ou réaliser des dépenses de recherche-développement. L'État peut jouer un rôle en accordant des primes à l'innovation, en défiscalisant les entreprises innovantes, en innovant lui-même via des organismes spécialisés (CNRS, INRAE, INSERM…) ou en renforçant la législation sur les brevets.

Mots-clés

La **recherche-développement**, au sein d'une entreprise, consiste à investir dans un laboratoire de recherche pour créer des produits innovants.

2 Le progrès technique est favorisé par des institutions : l'exemple des droits de propriété

■ La création d'une innovation doit en principe faire l'objet d'une déclaration et d'une demande de brevet, qui certifie son authenticité et identifie clairement son auteur. La procédure de dépôt de brevet est lourde, longue et coûteuse à partir du moment où l'on dispose d'un prototype, puisque des vérifications doivent être réalisées au niveau mondial pour vérifier qu'il ne s'agit pas d'une simple copie de quelque chose existant ailleurs. C'est le rôle d'organismes spécialisés qui protègent la création intellectuelle, comme l'INPI (l'Institut national de la propriété industrielle).

■ Une fois qu'il détient le brevet d'invention, deux options s'offrent au propriétaire du brevet :
– bénéficier dans un premier temps d'une situation de monopole grâce à la protection du brevet avec des profits élevés ;
– vendre une licence de commercialisation, mais en perdant le monopole de l'offre, avec les avantages associés.

Vu !

■ Le droit de propriété intellectuelle est sacré et défini juridiquement ; mais il est de plus en plus bafoué avec l'imitation, la copie illégale et la contrefaçon dans un contexte de mondialisation accrue.

3 Le progrès technique est un accélérateur de croissance

■ L'innovation, c'est-à-dire l'invention et l'application et/ou la commercialisation d'un bien nouveau ou d'une idée nouvelle, est le véhicule du progrès technique.

■ Les innovations sont regroupées en cinq catégories : innovations de produits (nouveaux produits), innovations de procédés (nouvelles techniques de production), nouvelle source de matières premières ou d'énergie, nouvelle organisation et nouveau marché.

■ Pour Joseph Aloïs Schumpeter (un économiste américain), les innovations majeures ont un rôle historique à jouer en transformant les conditions de production, de fabrication ou de commercialisation, quitte à bouleverser le marché. En revanche, les innovations mineures (ou incrémentales) ne feraient qu'améliorer les innovations majeures sans effet important sur l'économie.

■ Très souvent, les innovations en entraînent d'autres, comme l'illustrent les exemples du fordisme, de l'ordinateur, d'Internet… L'innovation est également recherchée pour l'accumulation du capital et pour accroître la productivité globale des facteurs de production (produire plus en moins de temps).

■ Mais Schumpeter reconnaît que les vagues d'innovations majeures, c'est-à-dire celles qui sont concentrées dans l'espace et dans le temps, sont souvent négatives à court terme (disparition d'activités, d'entreprises et d'emplois), avant d'être très positives à moyen terme, tant qu'elles ne s'essoufflent pas : c'est le processus de **destruction créatrice**, qui expliquerait les cycles économiques longs (cycles de Kondratieff, voir ci-dessous).

Mots-clés

Destruction créatrice : proc
de mutation économique où,
un secteur donné, les entrep
les moins innovantes ferr
tandis que les entreprises les
innovantes naissent ou croisse

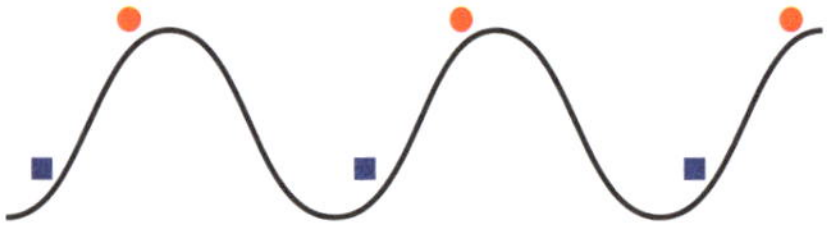

■ Les innovations majeures créent une phase d'expansion.

● Les innovations majeures qui s'essouflent créent une phase de crise.

Les sources de la croissance économique

CARTE 1

Que mesure la croissance économique ? Comment peut-on la calculer ?

↪ Fiche 1

CARTE 2

Comment calcule-t-on le PIB ?

↪ Fiche 1

CARTE 3

Quels sont les facteurs de croissance extensive ?

↪ Fiche 1

CARTE 4

Qu'est-ce qui permet la croissance intensive ?

↪ Fiche 1

CARTE 5

Comment l'État peut-il favoriser le progrès technique ?

↪ Fiche 2

CARTE 6

Pourquoi le brevet est-il une incitation à l'innovation ?

↪ Fiche 2

CARTE 7

Distinguez invention et innovation.

↪ Fiche 2

CARTE 8

Comment expliquer le processus de destruction créatrice ?

↪ Fiche 2

Vu !

Réponses

CARTE 1

La croissance économique mesure l'accroissement des biens et services produits sur le territoire national. On la calcule avec le taux de variation du PIB.

CARTE 2

Le PIB se calcule en additionnant les valeurs ajoutées des unités de production résidentes, qui correspondent à l'écart entre leur production et les consommations intermédiaires utilisées.

CARTE 3

L'augmentation du nombre d'actifs occupés (accroissement de la quantité de travail) et l'investissement (accroissement de la quantité de capital fixe) sont des facteurs de croissance extensive.

CARTE 4

La croissance intensive ne s'explique pas par l'augmentation des quantités de facteurs de production, mais par leur efficacité. Elle est liée à l'augmentation de la productivité globale des facteurs, qui est attribuée au progrès technique.

CARTE 5

L'État peut financer directement la recherche et développement, inciter les entreprises à investir (subventions, exonérations fiscales...) et protéger celles qui innovent en renforçant la législation sur les brevets.

CARTE 6

Le brevet est un instrument juridique qui confère à son détenteur une situation de monopole temporaire, avec la perspective de profits élevés, compensant les coûts de recherche et développement.

CARTE 7

Une innovation désigne l'application et/ou la commercialisation d'une invention. L'ensemble des innovations constitue ce que l'on appelle le progrès technique.

CARTE 8

Le processus de destruction créatrice, décrit par Schumpeter, provient des vagues d'innovations, donc du progrès technique. Il est à l'origine de phases de croissance économique.

Les effets du progrès technique sur l'emploi et les revenus

Fiche 4

1 Le progrès technique peut engendrer des inégalités de revenus entre catégories sociales

■ En 20 ans, en France, la part des salariés qualifiés dans l'emploi total a diminué de 5 points en passant de 32 % à 27 %, ce qui correspond à une baisse de 15,6 %, tandis que les moins qualifiés ont perdu 2 points (– 9,1 %). À l'inverse, la part des professions intermédiaires, en passant de 22 % à 25 %, s'est accrue de 3 points et ce sont les cadres supérieurs qui ont le plus gagné d'emplois avec 5 points supplémentaires (+ 38,5 %).

■ Si l'évolution des emplois et des professions n'est pas liée uniquement aux avancées technologiques, elle en dépend néanmoins étroitement. Ainsi la **mécanisation** dans l'agriculture a provoqué un exode rural : aujourd'hui, les agriculteurs représentent seulement 3 % de la population active. La **robotisation** et l'automatisation de la production dans l'industrie automobile et textile, et dans le secteur agroalimentaire ont créé un **chômage de masse** et conduit à diminuer les postes d'ouvriers.

■ La **tertiarisation** et la diversification des activités de services, largement stimulées par Internet, ont permis de créer de nombreux métiers nouveaux qui ont profité aux professions intermédiaires et aux cadres. La démocratisation de l'École et sa massification, avec la diffusion d'une éducation de masse, ont facilité cette évolution.

2 Le progrès technique peut accentuer les inégalités entre les territoires

■ Des stratégies comme celle des **pôles de compétitivité** en France ou la Silicon Valley aux États-Unis s'avèrent très utiles : il s'agit de concentrer géographiquement des unités productives, des laboratoires de recherche, des entreprises de transport… afin de partager les coûts des infrastructures. Cela a pour effet de dynamiser les marchés locaux en créant des entreprises et des emplois, ce qui est favorable à la croissance économique. L'effet « boule de neige » attire par ailleurs de nouveaux travailleurs et entreprises.

> **Exemple**
>
> Aerospace Valley est un pôle de compétitivité localisé à Toulouse, associant les régions Occitanie et Nouvelle-Aquitaine, dans les domaines de l'aéronautique, de l'espace et des systèmes embarqués.

Vu !

■ Mais certaines régions sont favorisées au détriment d'autres, ce qui accentue les inégalités territoriales. On constate ainsi l'existence d'un espace géographique marqué par une division spatiale du travail, avec une prédominance des métiers les plus répétitifs en dehors des grandes villes.

■ C'est le cas par exemple des postes industriels ou des employés de magasins situés en périphérie urbaine. Moins répétitifs, les métiers de l'hôtellerie et de la restauration, et ceux de la gestion et de l'administration sont majoritairement situés dans les grandes villes. De la même façon, on constate que les nouveaux emplois qualifiés se situent dans les zones les plus urbaines.

3 Le progrès technique creuse les inégalités entre les nations

■ La révolution industrielle anglaise du XVIIIe siècle avait profité à ses partenaires commerciaux, dont la France. Aujourd'hui, les avancées en matière de connaissances, de science, de technologies bénéficient aux pays initiateurs, mais également au reste du monde par le biais de la vente de biens, de brevets, de licences de commercialisation. On parle alors de transferts technologiques. Les firmes transnationales (FTN) en sont des vecteurs importants.

> **Mots-clés**
>
> Les transferts technologi consistent en une acquisitio technologies, de connaissa et de savoir-faire par des accueillant sur leur territoire filiales de FTN étrangères pc dant ces atouts.

■ Le progrès technique permet aux entreprises d'enrichir leurs ressources productives, de stimuler la recherche et développement, l'obtention de brevets et les investissements. Comme la plupart des firmes transnationales proviennent des pays développés (en particulier les États-Unis, le Japon et l'Angleterre), le secteur des hautes technologies *(high-tech)* est essentiellement de leur ressort.

■ Ces hautes technologies, qui sont fondées aujourd'hui sur les nanotechnologies, l'aérospatial, les biotechnologies, les technologies de l'information, donnent aux pays qui les développent une avance considérable sur le reste du monde. De ce fait, le progrès technique maintient les inégalités de développement entre les nations. Les pays de l'OCDE déposent bien plus de brevets que les autres et confirment ainsi leur avancée technologique. On constate cependant que les pays émergents en déposent de plus en plus, les brevets ayant été multipliés par 10 en 7 ans.

Le degré de soutenabilité de la croissance économique

Fiche 5

1 La croissance se heurte à des limites écologiques

■ Indicateur trop quantitatif, le PIB ne permet pas d'évaluer les aspects qualitatifs des activités humaines, comme l'a montré Joseph Stiglitz (prix Nobel d'économie en 2001).

■ En matière d'externalités positives, et bien que cela ne soit pas sa fonction, le PIB ne mesure pas le bien-être des populations. C'est même l'indicateur-clé d'un processus s'accompagnant de nombreux méfaits sociaux et écologiques, la croissance économique créant des **externalités négatives**.

Mots-clés

Externalités négatives : conséquences négatives de la production ou de la consommation d'un agent économique sur l'activité d'autres agents économiques sans qu'il y ait de compensation monétaire (dédommagement). La pollution est un exemple d'externalité négative.

■ Ainsi accuse-t-on la création de richesses économiques de conduire à l'épuisement de ressources naturelles, dont certaines sont non renouvelables, à un creusement des inégalités socio-économiques, à des nuisances et à des pollutions qui remettent en cause l'équilibre des écosystèmes, la santé des populations et même le climat (réchauffement climatique). La recherche du profit maximal en un minimum de temps et un minimum de coûts – pilier de la logique productiviste – a conduit à détruire une partie de la nature.

■ Fondée sur une culture du jetable, cette croissance gaspille largement et nous incite à renouveler tout le temps nos biens, y compris nos biens d'équipement qui sont devenus des « objets à durée déterminée ». Cette croissance surconsomme les ressources naturelles, que ce soit des matières premières, alimentaires, énergétiques… La question de la soutenabilité du développement est désormais posée.

2 La croissance non maîtrisée remet en cause la soutenabilité

■ En se privant de perspectives à long terme par l'épuisement des ressources, le productivisme freine la possibilité d'assurer un développement économique, c'est-à-dire l'essor d'activités nouvelles et une évolution des structures de marché favorable à de nouveaux profits.

Vu

■ La nécessaire réglementation accentue les contraintes juridiques et fiscales, morales et financières, qui pèsent sur les entreprises qui n'ont pas su prendre en charge les externalités négatives qu'elles ont causées.

■ Aujourd'hui, certains se demandent comment une production fondée sur le type actuel de croissance industrielle peut être soutenable, c'est-à-dire répondre aux besoins des générations actuelles sans compromettre la capacité des générations futures à répondre aux leurs, d'autant plus si les pays émergents veulent atteindre le niveau de développement des pays occidentaux.

■ Par ailleurs, la raréfaction des matières premières et énergétiques augmente les risques de tensions politiques majeures.

3 L'urgence de la mise en place de politiques environnementales

■ Une politique environnementale regroupe l'ensemble des dispositifs, des lois et des décisions prises par les pouvoirs publics pour agir sur l'environnement. Elle doit participer au bien-être social en gérant les **biens communs**.

> **Mots-clés**
>
> Les **biens communs** sont des bi[…] non exclusifs et non rivaux, c'e[…] à-dire des biens libres d'accès m[…] disponibles en quantité limitée. […] ressources naturelles (forêts, po[…] sons...) sont des biens commu[…] Sans politique environnementale[…] marché conduit à leur surexploitat[…] et donc à leur disparition.

■ Les politiques environnementales sont largement déterminées par la prise de conscience politique que le marché est incapable de corriger les méfaits des choix de croissance actuels et d'un modèle de développement qui dérègle le climat.

■ Le réchauffement climatique accentué par les activités humaines conduit en effet à perturber le climat, provoquant notamment la fonte des glaces et l'aggravation des catastrophes naturelles (tornades, cyclones, sécheresses, incendies, inondations...).

■ Les effets désastreux de certaines activités humaines sur l'environnement ne sont plus à prouver. C'est le cas par exemple de la production industrielle et du secteur des transports (pluies acides, marées noires...). En France, presque 50 % de la pollution provient des transports et de l'industrie. Mais la santé des populations est également concernée. Il est urgent d'adopter et de généraliser à l'ensemble de la planète des normes environnementales qui bannissent les produits toxiques (le bisphénol A, les chlorofluorocarbures, l'amiante...).

Cartes RÉVIS'EXPRESS

Révisez les points clés des fiches 4 et 5

Fiche 6

Les effets et les défis de la croissance économique

CARTE 1

Quels sont les secteurs d'activité dans lesquels des emplois ont été détruits avec le progrès technique ?

→ Fiche 4

CARTE 2

Pourquoi le progrès technique accroît-il les inégalités à l'intérieur des pays ?

→ Fiche 4

CARTE 3

À quelles catégories de pays bénéficie le progrès technique ?

→ Fiche 4

CARTE 4

Qu'est-ce qu'une externalité négative ?

→ Fiche 4

CARTE 5

Pourquoi la recherche de croissance économique a-t-elle des conséquences négatives sur l'environnement ?

→ Fiche 5

CARTE 6

Qu'est-ce que la soutenabilité de la croissance ?

→ Fiche 5

CARTE 7

Pourquoi le marché est-il incapable d'assurer la pérennité des ressources naturelles ?

→ Fiche 5

CARTE 8

En quoi consistent les politiques environnementales ?

→ Fiche 5

Vu !

Réponses

CARTE 1

Le progrès technique, via les innovations de procédé (mécanisation, robotisation), a contribué au déclin des emplois, souvent peu qualifiés, dans l'agriculture et l'industrie.

CARTE 2

Il crée des inégalités entre les territoires qui concentrent les unités productives, les laboratoires de recherche, les emplois qualifiés (grandes villes) et ceux qui ne bénéficient pas de cette dynamique.

CARTE 3

Le progrès technique bénéficie aux pays développés, initiateurs des avancées technologiques, ainsi qu'à certains pays émergents où les FTN des pays développés implantent des filiales.

CARTE 4

C'est la conséquence négative de l'activité économique (production ou consommation) d'un agent économique sur l'activité d'autres agents, sans qu'il n'y ait de compensation monétaire.

CARTE 5

La recherche de croissance économique s'accompagne d'une volonté d'accroissement de la productivité qui conduit à la surconsommation des ressources naturelles permettant de produire certains biens.

CARTE 6

Cela désigne la capacité de la croissance économique à être pérenne, donc à répondre aux besoins des générations présentes sans compromettre la capacité des générations futures à répondre aux leurs.

CARTE 7

Les ressources naturelles sont des biens communs qui ont la propriété de non-exclusivité et de rivalité. De ce fait, chaque agent est incité à les exploiter au maximum. Sans intervention des pouvoirs publics, le marché conduirait à leur surexploitation et à leur disparition.

CARTE 8

Les politiques environnementales désignent l'ensemble des dispositifs, normes et lois, mis en œuvre par les pouvoirs publics afin d'agir en faveur de l'environnement, tant pour préserver les ressources naturelles que pour lutter contre le réchauffement climatique.

Les déterminants du commerce international

Fiche 7

1 L'apport de la théorie pour comprendre l'intérêt du commerce international et de la spécialisation

■ Tout pays a forcément des ressources naturelles (terres, eau, matières premières, matières énergétiques) et des facteurs de production (travail, capital). Une nation qui ne commerce pas avec l'extérieur se prive des avantages des échanges et ne peut satisfaire tous ses besoins ainsi que ceux de sa population. Tout pays, même pauvre, a donc intérêt à se procurer ce qu'il ne fabrique pas et à vendre à l'extérieur ce qu'il produit.

■ David Ricardo, en s'appuyant sur l'exemple du Portugal et de l'Angleterre, a montré que le commerce international est favorable à tous les pays. Chaque pays a intérêt à se spécialiser dans une production.

Auteur-clé

David Ricardo (1772-1823), auteur classique, défend le libre-échange en y voyant une opportunité pour tous les pays de se développer (théorie des avantages comparatifs) et une condition pour l'harmonie et la paix mondiales.

■ Si un pays est plus productif que les autres pays dans toutes les productions, il doit se spécialiser dans la production où il est relativement (comparativement) encore plus productif. Si un pays est moins productif que les autres pays dans toutes les productions, il doit se spécialiser dans la production où il est relativement le moins faible. C'est la théorie des avantages comparatifs (ou relatifs).

■ Le Portugal a donc intérêt à concentrer sa production sur le vin et à l'échanger contre du drap d'Angleterre, dans une logique de gagnant-gagnant. Ainsi on pourrait expliquer le commerce interbranche par les quantités de facteurs de production et leurs prix relatifs.

■ Aujourd'hui, on parle de compétitivité prix pour appliquer la théorie ricardienne à la réalité du commerce international et expliquer en partie les délocalisations. Comprimer les coûts de production (baisse des prix des intrants, des salaires et/ou des charges patronales) présente alors un enjeu pour les FTN.

2 Le rôle des dotations en facteurs de production dans les choix de spécialisation des pays

■ Dans la continuité de la théorie des avantages comparatifs de Ricardo, un modèle théorique néoclassique a été construit :

Vu !

le **modèle HOS** (du nom de ses initiateurs : Hecksher, Ohlin et Samuelson). Les pays se spécialiseraient en fonction des quantités dont ils disposent en capital et en travail : c'est ce que l'on appelle la **dotation en facteurs de production**. À terme, les inégalités de développement s'estomperaient.

Mots-clés

Les **firmes transnationales** (ou **multinationales** (FMN) prof des accords de l'Organisation r diale du commerce (OMC, qui a le relais des accords du GATT en 1 pour participer à la division inte tionale des processus de produ (DIPP).

■ Comme le suggère cependant Wassily Leontief (prix Nobel d'économie en 1973), il ne faut pas négliger les aspects qualitatifs des facteurs de production, comme la qualification de la main-d'œuvre.

■ Les nouvelles théories du commerce international insistent davantage sur les **chaînes de valeur mondiales** : les **firmes transnationales** implantent des unités de production à des endroits différents du globe en exploitant l'avantage comparatif (facteurs de production ou productivité) de chaque territoire, créant ainsi une **décomposition internationale des processus de production** (DIPP).

3 Le marché mondial présente des intérêts pour les producteurs et pour les consommateurs

■ Toute entreprise dépend d'un marché mondial concurrentiel : elle utilise des **consommations intermédiaires**, elle subit des coûts et elle est obligée d'adopter une stratégie de survie et de développement sur le marché.

■ Un marché mondial diversifié donne l'occasion aux entreprises de se procurer des consommations intermédiaires moins onéreuses et/ou de meilleure qualité, ce qui leur permet d'assurer la **meilleure compétitivité prix** et/ou la **meilleure compétitivité hors-prix** possible(s).

■ Statistiquement, on peut constater une étroite corrélation entre le PIB national, voire une variation du PIB national, et le PIB mondial ou les exportations mondiales : le marché mondial est un fort stimulant, largement aidé par Internet, pour trouver des débouchés au-delà des frontières nationales.

■ Le **consommateur** peut bénéficier de prix plus bas et d'un choix de produits plus vaste du fait de la concurrence. Il peut également avoir accès à des produits innovants car la concurrence pousse les entreprises à se différencier en offrant des produits incorporant du progrès technique.

Les échanges entre pays différents et entre pays similaires

Fiche 8

1 Une nation commerce avec des pays aux niveaux de production différents

■ Qu'est-ce qui conduit la France à commercer avec un pays moins développé ? La nation a des besoins qui ne peuvent pas être satisfaits sans importations, faute de ressources naturelles (pétrole, gaz…), d'intrants (électroniques…) et de biens produits sur le territoire (des produits de haute technologie, bas de gamme…).

■ Une partie du commerce international s'explique ainsi par une **différenciation verticale** des produits, qui résulte d'un classement objectif de la part des consommateurs : certains biens sont supérieurs à d'autres en raison de leurs qualités, de leur réputation, de l'intégration d'une innovation…

Mots-clés

La **différenciation verticale** est une stratégie des entreprises visant à proposer des produits de qualité différente, de gamme différente de ceux des concurrents.

■ Les consommateurs sont sensibles au confort et amateurs de produits *high-tech*. Ils apprécient la diversité des produits qui leur sont proposés, ce qui leur permet de se distinguer des autres (effet de distinction).

■ De même, la détention de brevets d'invention pour un temps attribue à l'entreprise un monopole qui lui permet de se distinguer de la concurrence pour un même type de bien (comme l'iPhone, qui a des spécificités par rapport à ses concurrents comme Samsung ou Huawei).

2 Une nation échange également avec des pays similaires

■ Une nation est également amenée à échanger avec des pays aux niveaux de production similaires. La France, par exemple, importe des machines à laver Bosch et des véhicules BMW et l'Allemagne des machines à laver Brandt et des véhicules Renault. Nous avons affaire à des produits proches ou semblables : on parle alors de commerce intrabranche. La **différenciation** de ces produits est **horizontale**, dans la mesure où elle concerne des biens qui présentent des

Mots-clés

La **différenciation horizontale** est une stratégie des entreprises visant à proposer des produits de qualité identique à ceux des concurrents mais aux caractéristiques différentes (marque, design, emballage…).

Vu

caractéristiques que les consommateurs distinguent selon leur couleur, leur modèle, leur variété, leur disponibilité…

■ Les entreprises françaises et les entreprises allemandes ont des besoins semblables ou proches, et les consommateurs ont également besoin du marché extérieur pour diversifier leurs achats. Mais la France importe quand même d'Allemagne des produits de moins bonne gamme, ayant abandonné de nombreuses productions (outils, intrants…).

■ De façon plus générale, il est possible de différencier les produits en agissant sur leur qualité, selon une logique horizontale (commerce intrabranche) ou selon une logique verticale (commerce interbranche).

3 Le commerce international est marqué à la fois par un échange interbranche et un échange intrabranche

■ La diversité des biens et des services qui traversent les frontières nationales et les espaces régis par des accords régionaux, atteste de la richesse des échanges internationaux. Empiriquement, on constate l'importance quantitative des échanges de produits interbranches, c'est-à-dire des échanges de produits appartenant à des secteurs ou des branches différentes, comme des produits primaires contre des produits manufacturés ou encore des produits manufacturés à faible valeur ajoutée contre des produits manufacturés à forte valeur ajoutée.

■ En effet, les pays du Nord exportent des produits de luxe, des biens qui incorporent du progrès technique, des services de pointe… alors que les exportations des pays du Sud et des pays émergents d'Asie sont essentiellement constituées de produits primaires (produits agricoles, énergie), de produits manufacturés à faible valeur ajoutée (textile, jouets, petit matériel électronique) et de services touristiques. Les échanges interbranches se font surtout entre pays différents.

■ Les échanges de produits intrabranches, c'est-à-dire les échanges de produits issus de la même branche comme les échanges de voitures entre l'Allemagne et la France, semblent plus importants encore dans le commerce international. C'est l'essentiel du commerce intraeuropéen, par exemple, ou entre le Canada et les États-Unis. Les échanges de produits intrabranches se font surtout entre pays similaires (même niveau de richesse et de développement).

■ La différenciation des produits présente ainsi des enjeux considérables, alimentant les stratégies des firmes transnationales (FTN). C'est donc à la fois sur la disparité et sur les similitudes que se réalisent les flux de produits.

La productivité des firmes et la compétitivité des pays

Fiche 9

1 Les firmes transnationales tentent d'améliorer leur productivité en agissant sur leurs coûts de production

■ La productivité est un indicateur d'efficacité de la combinaison productive. On appelle productivité globale des facteurs de production (PGF) le rapport de la valeur de la production (quantité produite) à la valeur totale des moyens de production utilisés (travail et capital).

■ La productivité du capital se mesure par le rapport entre la production et le capital, c'est-à-dire globalement le nombre de machines.

■ La productivité du travail se mesure par la quantité de travail, c'est-à-dire le nombre de salariés et/ou les heures de travail. On peut distinguer d'ailleurs la productivité horaire (production divisée par le nombre d'heures) et la productivité par tête (production divisée par le nombre de salariés) ou évaluer la productivité apparente du travail (produit des deux).

■ La réduction des coûts de production est l'une des motivations majeures de toute entreprise. Les firmes transnationales (FTN) ne font pas exception : elles recherchent à l'étranger des frais de production moindres, que ce soit en termes de main-d'œuvre, de matières premières ou énergétiques, de proximité des ports maritimes pour réduire les frais de transport, de fiscalité, etc. En produisant plus à moindre frais, l'entreprise améliore sa compétitivité prix.

Mots-clés

La compétitivité prix est la capacité à produire des biens et des services à des prix inférieurs à ceux des concurrents pour une qualité équivalente.

2 L'amélioration de la compétitivité est un enjeu pour les nations

■ Lorsqu'une nation exporte des produits, son intérêt est d'en vendre le plus possible pour obtenir des devises et financer son développement. Mais la concurrence est rude sur la scène mondiale : il faut se démarquer des autres nations.

■ En cherchant à améliorer leur compétitivité prix, les firmes transnationales parviennent à exporter davantage et s'insèrent ainsi plus facilement sur le marché mondial. Agir sur la compétitivité

Vu !

prix, c'est agir sur le prix de vente. Les FTN ont intérêt à réduire les coûts en installant les unités de production dans les pays où le travail, le capital, les ressources naturelles et les matières énergétiques sont bon marché. Une fiscalité avantageuse attire aussi les entreprises. L'existence d'infrastructures de transports et de ports maritimes est également nécessaire : leur coût améliore la compétitivité prix des entreprises tandis que leur qualité (nombre, fonctionnement...) améliore la compétitivité hors-prix (délais de livraison réduits, par exemple).

■ Améliorer la compétitivité hors-prix permet aux FTN de fournir des produits de qualité, parfois uniques, ce qui peut être un avantage décisif. Ainsi, les entreprises des pays riches occidentaux sont engagées dans la course aux hautes technologies *(high-tech)* : c'est à celle qui trouvera l'innovation révolutionnaire qui lui permettra d'exercer un monopole et de faire des surprofits.

3 La compétitivité de la France présente quelques atouts et des faiblesses

■ La France est spécialisée dans des créneaux porteurs qui participent à sa bonne réputation dans le commerce international : l'aéronautique, l'aérospatial, l'armement, les produits de luxe, l'industrie agro-alimentaire, les alcools, le tourisme...

Chiffres-clés

6e puissance économic mondiale, 6e puissa exportatrice, la France de nombreux partena commerciaux.

■ Cependant, le pays a abandonné des pans entiers de son industrie dans les années 1980 (le charbon, la sidérurgie, la métallurgie, les jouets, le textile, l'électroménager, la hi-fi, la vidéo...), ce qui l'oblige à importer.

■ L'accentuation de la concurrence internationale et la mondialisation ont poussé les firmes transnationales à installer des unités de production hors de France, dans les pays à bas coûts, surtout en ce qui concerne le coût de la main-d'œuvre (salaires et charges sociales).

■ Pauvre en matières premières et énergétiques, la France est également obligée d'importer de très nombreux produits semi-finis, des produits finis, des services...

■ Par conséquent, la France importe plus qu'elle n'exporte et le solde de sa balance commerciale (exportations – importations) est structurellement déficitaire depuis le début des années 2010.

L'internationalisation de la chaîne de valeur

Fiche 10

1 La fragmentation de la chaîne de valeur est le fondement de la DIPP

■ La décomposition des tâches à effectuer s'appelle la « chaîne de valeur » (Michael Porter) : les produits faisant l'objet de tout un circuit composé de multiples traitements, il est possible de distinguer des étapes spécifiques. Or des entreprises différentes peuvent se spécialiser dans un type de tâche particulier.

■ Ainsi, certains produits font l'objet de phases différentes, comme la gestion des intrants, la production, le stockage, la transformation, la distribution, les marchés… Lorsque ces tâches sont réparties entre différentes unités de production, on parle de fragmentation des chaînes de valeur.

Exemple

Le travail de conception et d'élaboration de l'iPhone est réalisé par des ingénieurs d'Apple, en Californie. Mais 90 % de ses pièces sont produites hors des États-Unis (les écrans tactiles, par exemple, sont fabriqués en Corée et en Chine) et l'assemblage se fait en Chine.

■ La fragmentation des chaînes de valeur constitue ainsi une division du travail qui conduit à une division internationale des processus productifs (DIPP), qui imbrique davantage qu'autrefois les économies nationales.

■ Les firmes transnationales (FTN) font ainsi appel à de nombreuses filiales et de nombreux sous-traitants (= externalisation) à des endroits différents de la planète, ce qui accentue le phénomène de délocalisation des unités productives.

2 L'internationalisation de la chaîne de valeur conduit à de nouvelles spécialisations

■ Les chaînes de valeur mondiales transforment le commerce mondial et sont à l'origine de la nouvelle spécialisation internationale. Les firmes transnationales produisent des biens qui passent d'un pays à l'autre lors des différentes étapes de leur fabrication, ce qui permet notamment d'accroître leur productivité. Pour les pays d'accueil, c'est l'occasion de participer à la production de biens complexes et d'exporter davantage.

■ Si la fragmentation internationale permet de produire et d'exporter davantage, de dynamiser les échanges et la croissance

Vu

mondiale, elle accentue également la spécialisation relative des nations. Les chaînes de valeur mondiales conduisent ainsi les gouvernements à repenser les politiques commerciales dans un cadre de libre-échange, mais avec des replis protectionnistes.

■ Cependant, des événements peuvent perturber le bon déroulement de la production ou de la commercialisation d'un bien et révéler une trop grande interdépendance des économies nationales et des excès d'extraversion.

3 L'internationalisation de la chaîne de valeur définit le nouveau commerce international

■ La fragmentation des chaînes de valeur stimule le commerce international. De nombreux pays, répartis sur différents continents, interviennent dans la production d'un bien.

■ Ainsi, la mention « Made in », qui concerne la finition et l'empaquetage, n'a plus beaucoup de sens. En effet, « Made in France » peut figurer sur un produit qui a été empaqueté en France, même s'il a été fabriqué en totalité à l'étranger.

Zoom

La nature des échanges se modif (progression des produits manufa turés et des services), les États-Uni l'Europe et le Japon réalisant l'esse tiel de ces échanges.

■ Un constructeur automobile, par exemple, va chercher à minimiser ses coûts de fabrication afin d'être compétitif, pour pouvoir vendre un maximum de voitures et ainsi disposer d'un avantage comparatif. Si tous les intrants étaient fournis dans le même pays, de nombreux éléments seraient plus chers, ce qui gonflerait le prix final.

■ Mais les coûts ne suffisent pas à expliquer l'éclatement spatial de la production. D'autres facteurs entrent également en compte comme le savoir-faire, la qualification des salariés, l'innovation…

Cartes RÉVIS'EXPRESS

Révisez les points clés des fiches 7 à 10

Fiche 11

Les caractéristiques du commerce international et de l'internationalisation de la production

CARTE 1

Selon la théorie de Ricardo, dans quelle production un pays a-t-il intérêt à se spécialiser ?

→ Fiche 7

CARTE 2

D'après le modèle HOS, d'où provient l'avantage comparatif d'un pays ?

→ Fiche 7

CARTE 3

En quoi le libre-échange peut-il être avantageux pour les consommateurs ?

→ Fiche 7

CARTE 4

Qu'est-ce qui explique le commerce intrabranche ?

→ Fiche 8

CARTE 5

Pourquoi l'augmentation de la productivité d'une entreprise lui confère-t-elle une meilleure compétitivité prix ?

→ Fiche 9

CARTE 6

Quel est le facteur principal d'amélioration de la compétitivité hors-prix d'une entreprise ?

→ Fiche 9

CARTE 7

Comment définir le processus de fragmentation internationale de la chaîne de valeur ?

→ Fiche 10

CARTE 8

Quels sont les principaux acteurs de l'internationalisation de la chaîne de valeur ?

→ Fiche 10

Vu

Réponses

CARTE 1

Selon Ricardo, un pays a intérêt à se spécialiser dans la production où il est relativement, donc comparativement, le plus productif par rapport aux autres pays.

CARTE 2

Selon les économistes HOS, l'avantage comparatif d'un pays provient de ses dotations en facteurs de production travail et capital.

CARTE 3

Grâce à la concurrence induite par le libre-échange, les consommateurs vont bénéficier de prix plus bas, d'un choix de biens plus vaste et de produits innovants.

CARTE 4

Le commerce intrabranche s'explique par les stratégies de différenciation des entreprises qui cherchent à répondre au besoin de diversité de produits des consommateurs.

CARTE 5

L'augmentation de la productivité d'une entreprise lui permet de réduire ses coûts unitaires de production, et donc, ses prix de vente : elle gagne ainsi en compétitivité prix.

CARTE 6

L'amélioration de la compétitivité hors-prix d'une entreprise provient essentiellement des innovations qui lui permettent d'offrir des produits de qualité et/ou uniques.

CARTE 7

La fragmentation de la chaîne de valeur désigne la décomposition des différentes étapes des processus productifs entre des unités de production situées dans différents pays.

CARTE 8

Les FTN sont les principales actrices de l'internationalisation de la chaîne de valeur par le biais de l'implantation de filiales dans différents pays ou par le recours à la sous-traitance.

Les effets induits du commerce international

Fiche 12

1 Les gains à l'échange contribuent à la croissance et au développement des nations

■ La **spécialisation** internationale dépend de nombreux facteurs. Elle peut notamment s'expliquer par l'existence de dotations technologiques, c'est-à-dire du degré de maîtrise des innovations. Ainsi observe-t-on des pays leaders, qui réalisent beaucoup de recherche-développement, de dépôts de brevets, essentiellement dans l'OCDE, et des pays suiveurs, qui se limitent à copier les produits existants.

Mot-clé

La **spécialisation** est la concentration de la production d'un pays dans des branches d'activités ou des produits particuliers.

■ Les transferts technologiques illustrent ces différences, la nature et les flux d'échanges et la relative spécialisation de certains pays (Japon, Angleterre, États-Unis), notamment sous l'effet du dynamisme et de l'efficacité des firmes transnationales (FTN).

■ Les écarts technologiques expliquent aussi les différences de productivité entre les nations. Les leaders ont tout intérêt à conserver leur avance en poursuivant leur politique d'innovation. Les dépenses de recherche et développement représentent de véritables enjeux, surtout lorsqu'elles permettent de s'assurer une situation de monopole (temporaire) grâce à l'innovation.

2 Le commerce international permet en partie de réduire les inégalités entre les nations

■ Le commerce international conduit à réduire certains écarts de développement. La mondialisation a permis à de nombreux pays de se développer économiquement. Le Brésil, la Russie, l'Inde et l'Afrique du Sud ont ainsi réussi à profiter du commerce extérieur pour vendre des produits, obtenir des devises et financer une stratégie de développement payante. Les pays d'Asie du Sud-Est ont également réussi à opérer des stratégies de remontée de filière : grâce aux transferts technologiques, ils sont parvenus à se spécialiser dans des étapes plus complexes du processus de production.

Chiffres-clés

Les pays émergents sont de plus en plus nombreux : de 10 en 1987, ils sont passés à 26 en 2019, soit 2,6 fois plus en un tiers de siècle.

Vu !

■ Le libre-échange a permis aux pays émergents de trouver des sources de financement, de réaliser davantage d'investissements, de bénéficier de transferts de technologies, qui sont autant de facteurs-clés de la croissance et du développement économique, voire de « décollage ».

■ Selon Walt Whitman Rostow (un économiste américain), chaque pays passerait par les différentes étapes de la croissance économique et finirait par connaître la phase d'essor massif et rapide qui assure l'atteinte d'un niveau de développement (c'est le « take off »). Le décollage économique des nations apparaît alors inéluctable grâce au libre-échange.

3 Le commerce international accentue cependant certaines inégalités entre les nations

■ Toutefois, lorsqu'une nation peu développée profite moins du commerce international que d'autres nations, l'écart se creuse. C'est le cas entre les pays développés qui sont moteurs dans le domaine des hautes technologies (Japon, États-Unis, Angleterre, Allemagne, France, Corée du Sud) et le reste du monde. La nationalité des dépôts de brevets et des firmes transnationales (FTN) en atteste.

■ Ainsi, le « retard » dont parle Rostow entre les nations peu développées et les nations développées est difficile, voire impossible à rattraper. Les moyens productifs et financiers, les savoir-faire, le montant des échanges... sont autant d'obstacles à la réduction des écarts entre les pays.

■ Le commerce mondial ne profite pas à tous les pays : certains restent en marge du commerce mondial (les pays les moins avancés) et toutes les spécialisations ne se valent pas. Ainsi, les pays spécialisés dans la production de produits primaires (produits agricoles, produits des industries extractives...) doivent faire face à la volatilité du cours de ces produits.

■ L'écart se creuse également entre les pays qui ont profité d'un essor de leur développement économique (comme les BRICS : Brésil, Russie, Inde, Chine et Afrique du Sud) et les pays les moins avancés (PMA : Éthiopie, Bangladesh...).

Le débat entre libre-échange et protectionnisme

Fiche 13

1 Le libre-échange crée une concurrence qui s'accompagne de dégâts

■ La liberté totale de circulation des produits et des capitaux s'accompagne de nombreuses limites. Ainsi le libre-échange :

Mot-clé

Libre-échange : politique commerciale visant à assurer la libre circulation des marchandises et des capitaux.

– oblige les nations à s'adapter à l'évolution du marché mondial, donc à des reconversions fréquentes ;
– condamne de nombreuses activités, ce qui crée du chômage ;
– accentue les déséquilibres régionaux d'un pays, au profit des métropoles ouvertes sur le commerce mondial ;
– extravertit l'économie, qui devient trop dépendante de l'extérieur ;
– fait baisser certains salaires (la concurrence et la course à la compétitivité prix exerçant des pressions à la baisse sur les salaires) ;
– inonde les consommateurs de produits ;
– dégrade la qualité des produits (car la concurrence mondiale pousse les entreprises à abaisser au maximum leurs coûts de production, au détriment de la qualité) ;
– dégrade les écosystèmes et crée une mondialisation qui accentue le réchauffement climatique…

2 Le protectionnisme présente des intérêts

■ Protéger les frontières d'une zone commerciale permet d'éviter les inconvénients du libre-échange. Les gouvernements qui veulent protéger leur nation des produits étrangers mettent en place des barrières tarifaires et/ou non tarifaires, par exemple en augmentant les taxes sur les importations, en mettant en place des quotas, des règles de qualité ou des règles phytosanitaires, ou encore en versant des subventions aux entreprises nationales.

Mot-clé

Protectionnisme : mesures prises par les pouvoirs publics visant à diminuer les importations et à augmenter les exportations.

■ Le protectionnisme peut sembler plus avantageux sur certains points :

– il protège les entreprises les plus fragiles qui peuvent alors tenter de devenir plus compétitives (Friedrich List prône un

protectionnisme éducateur, destiné à protéger les entreprises naissantes d'une concurrence sauvage qui les ferait disparaître) ;
– il évite la détérioration des termes de l'échange ;
– il protège les emplois nationaux des industries vieillissantes ou sénescentes (chantiers navals, textile, sidérurgie...) ;
– il empêche les disparités de coûts salariaux et sociaux ;
– il défend les acquis sociaux et environnementaux menacés par le dumping social et environnemental (pour attirer les entreprises sur leur sol, les pays se livrent à une course au moins-disant social et environnemental : salaires, conditions de travail, normes environnementales)...

3 Face aux dangers du protectionnisme, le libre-échange reste la référence

■ Cependant, une politique protectionniste peut avoir des inconvénients importants. Citons, par exemple, le manque de sources d'approvisionnement et de débouchés pour les entreprises, le manque de choix et la hausse des prix pour les consommateurs, les risques de mesures de rétorsion de la part des autres pays (comme actuellement entre la Chine et les États-Unis) ou l'accentuation des tensions entre les pays.

■ L'absence d'obstacles aux frontières (hors contrefaçons et produits illicites) facilite l'accès à des biens et services diversifiés. Cette situation est favorable à la compétitivité par l'accentuation de la concurrence et dynamise un marché mondial qui doit profiter à tous.

■ Le libre-échange est censé contribuer au développement économique, voire humain, et assurer l'harmonie et la paix mondiales. Ainsi on constate que l'émergence de nouvelles nations (Inde, Chine...) n'a été possible que grâce à leur ouverture sur l'extérieur, notamment en facilitant les transferts de technologie.

■ Les périodes fortes de libre-échange, marquées par d'importants flux de biens et de services, s'accompagnent de taux de croissance élevés et sont profitables aux investissements, aux stratégies d'expansion, au remboursement des dettes des entreprises et des États.

Les conséquences du commerce international

CARTE 1

Comment expliquer que les pays d'Asie du Sud-Est aient pu s'enrichir et se développer grâce au commerce mondial ?

→ Fiche 12

CARTE 2

Pourquoi certains pays ne tirent-ils pas profit du commerce mondial ?

→ Fiche 12

CARTE 3

Comment définir le libre-échange ?

→ Fiche 13

CARTE 4

Pourquoi le libre-échange peut-il avoir des effets négatifs sur les salaires ?

→ Fiche 13

CARTE 5

Par quels moyens un pays peut-il mettre en œuvre une politique protectionniste ?

→ Fiche 13

CARTE 6

En quoi consiste le protectionnisme éducateur ?

→ Fiche 13

CARTE 7

Qu'est-ce que le dumping social et environnemental ?

→ Fiche 13

CARTE 8

Quels sont les principaux risques du protectionnisme pour les consommateurs ?

→ Fiche 13

Réponses

CARTE 1

Ces pays ont pu s'enrichir et se développer grâce au commerce mondial parce qu'ils ont su bénéficier des transferts de technologies pour opérer des stratégies de remontée de filière.

CARTE 2

Certains pays ne tirent pas profit du commerce mondial du fait de leur spécialisation dans la production de produits primaires, dont le cours est très volatil.

CARTE 3

Le libre-échange est une politique commerciale visant à assurer la libre circulation des marchandises et des capitaux.

CARTE 4

Le libre-échange accroît la concurrence mondiale ce qui conduit les entreprises à faire pression à la baisse sur les salaires, afin de ne pas perdre en compétitivité prix.

CARTE 5

Dans le cadre d'une politique protectionniste, un pays peut mettre en place des barrières tarifaires (taxes sur les importations ou subventions aux entreprises nationales) ou non tarifaires (quotas ou règles de qualité).

CARTE 6

Le protectionnisme éducateur vise à protéger les entreprises naissantes, afin de leur laisser le temps de devenir compétitives face à la concurrence étrangère.

CARTE 7

Le dumping social et environnemental consiste à ce que certains pays s'alignent sur les contraintes salariales et environnementales les moins fortes, afin de rester attractifs pour les entreprises.

CARTE 8

Le protectionnisme peut conduire à un manque de choix et à une hausse des prix pour les consommateurs.

La mesure du chômage

Fiche 15

1 Les difficultés de mesure du chômage

Mot-clé
Un **chômeur** au sens du BIT est une personne de 15 ans ou plus sans emploi, immédiatement disponible pour travailler et à la recherche d'un emploi.

■ Les principaux indicateurs du chômage en France sont calculés par deux organismes officiels : Pôle emploi (anciennement ANPE) et l'Insee, qui se réfère à la définition du Bureau international du travail (BIT).

■ Il est possible d'évaluer le **taux de chômage** (publié tous les trois mois), par le rapport mathématique (exprimé en %) entre le nombre de **chômeurs** (au sens du BIT) et la population active totale (actifs occupés + chômeurs) :

Taux de chômage =
(nombre de chômeurs/population active) × 100

■ Les critères utilisés pour mesurer le chômage sont très restrictifs et tendent à sous-estimer le nombre réel de chômeurs. En effet, il existe un **halo** autour du chômage, c'est-à-dire un ensemble de personnes qui se trouvent dans des situations intermédiaires entre l'emploi et le chômage ou encore entre l'inactivité et le chômage.

■ Ainsi, les personnes occupant des emplois à temps partiel subi sont comptabilisées comme ayant un emploi alors qu'elles subissent une forme de chômage car elles souhaiteraient travailler davantage. De la même manière, les personnes en formation et les chômeurs découragés (ayant cessé d'accomplir des démarches actives de recherche d'emploi) sont comptabilisés comme inactifs alors qu'ils souhaitent travailler.

■ Pour pallier à la première limite, l'Insee calcule le **taux de sous-emploi** de la population active occupée, qui mesure la proportion de personnes ayant un emploi à temps partiel subi (souhaitant travailler davantage et disponible pour le faire) parmi l'ensemble des personnes ayant un emploi.

2 Un lien étroit entre taux d'emploi et chômage

Le **taux d'emploi** est un indicateur de la capacité d'une économie à utiliser ses ressources en main-d'œuvre. En fait, les individus sont soit en emploi (actifs occupés), soit au chômage (actifs inoccupés), soit au foyer (inactifs).

Vu !

Taux d'emploi = [population en emploi/population en âge de travailler (15-64 ans)] × 100

Mots-clés

La **population act**[...] regroupe les actifs oc[...]pés (personnes exerç[...] une activité professi[...]nelle rémunérée) et [...] actifs inoccupés [...] chômeurs) ; ces dern[...] n'exercent pas d'emp[...] mais en recherchent [...]

■ Le taux d'emploi a une incidence directe sur le chômage. En effet, plus il est faible, plus le chômage risque d'être élevé ; plus il est fort, plus le chômage peut être faible. En France, en 2020, le taux d'emploi s'élève à 71 % (74,5 % chez les hommes contre 67,6 % chez les femmes).

■ En 2020, en France, le taux de chômage est de 8,1 %, ce qui signifie que 8,1 % des **actifs** sont au chômage au sens du BIT. Les taux de chômage des hommes (8,1 %) et des femmes (8,0 %) sont sensiblement identiques.

3 Un chômage inégalitaire

■ Le chômage n'affecte pas de la même façon toutes les catégories d'actifs. Ainsi, certains actifs sont particulièrement vulnérables face au chômage.

■ Le **diplôme** est une variable forte permettant d'expliquer les inégalités face au chômage. Le chômage est en effet beaucoup plus marqué chez les moins diplômés. Ainsi, en 2020, 13,9 % des actifs diplômés au mieux du brevet des collèges étaient au chômage contre 5,2 % des actifs diplômés de l'enseignement supérieur. Sans pour autant mettre les actifs à l'abri, aucun diplôme ne « protégeant » du chômage, le diplôme reste un bon rempart contre le chômage.

■ Le niveau de diplôme jouant positivement sur la qualification des actifs, on retrouve donc logiquement des inégalités face au chômage selon la **catégorie socioprofessionnelle** : les actifs les moins qualifiés sont beaucoup plus exposés au chômage que les plus qualifiés. Ainsi, en 2020, 11,4 % des ouvriers étaient au chômage contre 3,7 % des cadres, soit près de 4 fois plus pour les ouvriers.

■ Enfin, l'**âge** est un facteur d'inégalités face au chômage. En 2020, le taux de chômage des jeunes actifs âgés de 15 à 24 ans s'élevait à 19,5 %, un taux 2,5 fois plus élevé que chez les actifs de 25 à 49 ans (7,3 %) et 3 fois plus élevé que chez les actifs de 50 ans ou plus (6,3 %).

Le chômage structurel

Fiche 16

1 Le chômage structurel, produit de déséquilibres

■ Le chômage structurel est lié aux déséquilibres du mode de fonctionnement de la production et du marché, et non à la seule évolution du PIB (chômage conjoncturel).

■ La rencontre entre l'offre de travail (la demande d'emploi) et la demande de travail (l'offre d'emploi) est loin d'être automatique et instantanée. On parle d'appariement entre employeurs et actifs, c'est-à-dire d'ajustement entre ces agents économiques.

Mots-clés

Le chômage structurel est un chômage dû à des dysfonctionnements (inadéquation des qualifications offertes et demandées, par exemple) et à des rigidités du marché du travail (réglementations excessives, comme les procédures de licenciement), indépendamment de la conjoncture économique.

■ Si l'on suit la logique d'appariement, le nombre d'emploi créé est fonction du nombre de chômeurs, pondéré par l'effort qu'ils consacrent à leur recherche d'emploi, et du nombre d'emplois vacants, pondéré par l'effort de recherche des entreprises (publicité, campagne de recrutement…). Ainsi, lorsque les agents et les entreprises accentuent leur effort de recherche, les postes offerts par les entreprises sont plus souvent pourvus, ce qui augmente la création effective d'emplois pour un nombre de chercheurs d'emplois et d'emplois vacants donné.

■ La coexistence de taux élevés de chômage dans certains secteurs d'activité (industries en déclin) et de pénurie de main-d'œuvre dans d'autres (bâtiment) est le signe révélateur du problème de l'inadéquation entre les offres et les demandes d'emploi.

2 Le chômage structurel, produit de frictions et de rigidités : la question de l'appariement

■ Le chômage structurel s'explique en partie par les frictions qui existent sur le marché du travail : on parle alors de chômage frictionnel. Ces frictions correspondent aux délais induits par les mouvements de la main-d'œuvre d'une entreprise à l'autre, d'une région à l'autre, d'une profession à l'autre. Le chômage frictionnel est donc relativement incompressible. Les employeurs ont besoin de salariés polyvalents, expérimentés, capables de s'adapter. Or certains secteurs d'activité sont en pénurie d'emplois : les entreprises ne trouvent pas le nombre de salariés dont elles ont besoin.

Vu

■ Plusieurs facteurs peuvent expliquer cette pénurie : les candidats à l'emploi peuvent ne pas être attirés par le niveau de salaire jugé trop faible, des conditions de travail trop difficiles, des horaires inadaptés, la précarité du contrat, le manque de perspectives de carrière…

■ Par ailleurs, les emplois ne sont pas uniformément distribués dans l'espace, certains départements et certains bassins d'emplois étant moins bien lotis que d'autres. Les métropoles et les banlieues ont tendance à attirer davantage que la campagne ou les départements éloignés des lieux de production et de commerce.

3 Le chômage structurel, produit d'une asymétrie d'information

■ L'existence d'**asymétries d'information** explique également en partie le chômage structurel, le demandeur d'emploi et l'offreur d'emploi n'ayant pas les mêmes informations, ce qui rend le marché du travail peu transparent.

Mots-clés

Une **asymétrie d'infor-tion** désigne une imperf-tion du marché caractéri- par le fait que certains age- disposent de plus d'infor- tions que les autres.

■ Sur le marché du travail, les employeurs subissent des asymétries d'information avant la signature du contrat de travail (ils ne connaissent pas les compétences et donc la productivité des candidats à l'embauche) et après (ils ne savent pas quel sera le degré de motivation des candidats recrutés).

■ En proposant des salaires trop faibles, les employeurs courent le risque d'attirer les candidats les moins compétents : les candidats les plus compétents, les plus productifs, qui connaissent leur valeur, ne postuleront pas. De la même manière, des niveaux de salaires trop faibles entraînent une situation d'aléa moral : une fois embauchés, les salariés ne fourniront pas les efforts attendus compte tenu de la rémunération peu motivante.

■ Finalement, la seule solution possible pour les employeurs afin de résoudre ces risques d'antisélection et d'aléa moral est d'augmenter le salaire offert en proposant un salaire d'efficience supérieur au salaire d'équilibre du marché du travail. Ainsi, en raison des asymétries d'information, les entreprises créent des rigidités à la baisse sur le niveau des salaires, ce qui est une cause du chômage structurel.

Le chômage conjoncturel

Fiche 17

1 Le chômage conjoncturel est traditionnellement associé au chômage keynésien

■ Le chômage conjoncturel résulte d'une croissance économique plus modeste, ce qui empêche de maintenir des emplois.

■ Contrairement à ce qu'affirme la loi de Say (un auteur classique), toute production ne trouve pas forcément des débouchés, en raison d'une insuffisance de la demande sur le marché. Or les entrepreneurs réalisent des anticipations négatives lorsqu'ils sentent qu'ils ne pourront pas tout vendre : ils diminuent leur production et ajustent leur nombre de salariés en limitant les embauches, voire en diminuant les effectifs. Le chômage keynésien est ainsi un chômage massif et involontaire (le salarié étant victime du système), lié à une insuffisance de la demande anticipée par les entrepreneurs.

■ Lorsque l'offre globale est équivalente à la demande globale, on a affaire à un équilibre de sous-emploi. Il peut ainsi y avoir à la fois croissance et chômage. Selon Keynes, il faut alors restaurer la confiance patronale, en faisant intervenir les pouvoirs publics.

Auteur-clé

L'économiste anglais John Maynard Keynes (1883-1946) est à l'origine de la macroéconomie moderne. Il récuse notamment l'idée qu'une économie de marché se régule spontanément pour atteindre le plein emploi de ses ressources.

■ Afin de soutenir la demande globale, il est nécessaire de relancer la consommation des ménages, en augmentant les revenus modestes. Parallèlement, en commandant de grands travaux, l'État peut créer des opportunités de débouchés pour les entreprises (surtout dans le secteur de la construction).

2 Le chômage conjoncturel est soumis aux fluctuations de l'activité économique

■ Les périodes de croissance économique intenses et durables dans le temps sont rares : la variation du PIB est instable et les perspectives économiques compliquées à anticiper. Certains économistes constatent l'existence de cycles économiques, c'est-à-dire l'alternance de phases positives et de phases négatives, qui affectent la conjoncture. Or les entrepreneurs ont besoin de se situer sur le moyen terme et le long terme, notamment en réalisant des investissements et en ajustant la main-d'œuvre aux besoins productifs, sans prendre trop de risques, alors que le contexte est incertain.

■ Lorsque la surchauffe du marché et la récession affectent la croissance économique, la baisse de la consommation fait diminuer la demande de main-d'œuvre (non reconduction des contrats courts et de l'intérim, gel des embauches, licenciements).

■ Ainsi, il existe des chocs négatifs de demande (baisse soudaine du pouvoir d'achat qui fait baisser la consommation) et des chocs négatifs d'offre (choc pétrolier, inflation soudaine, restriction des crédits, épidémie de Covid-19...) qui surprennent la croissance et créent du chômage. Le chômage conjoncturel est donc un chômage cyclique, puisqu'il reflète l'instabilité de la conjoncture économique, certaines années étant meilleures que d'autres.

3 Le lien entre production et chômage n'est pas automatique selon la loi d'Okun

■ Selon **Arthur Okun**, si la corrélation entre le taux de croissance et le taux de chômage est bien causale et négative (les deux évoluant en sens inverse), le chômage n'augmente pas de façon proportionnelle à la production.

> **Zoom**
>
> Dans les années 1960, Art[h]
> Okun, un économiste a[m]
> ricain, montre qu'une hau[sse]
> de 1 point du taux de chôm[age]
> est associée à une baisse [de]
> 3 % du PIB réel.

■ Plusieurs raisons expliquent que la croissance n'entraîne pas mécaniquement une réduction proportionnelle du chômage :
– la croissance peut s'appuyer sur des gains de productivité importants (dus à des innovations de procédé ou organisationnelles). Dans ce cas, il n'est pas certain que les entreprises aient besoin de davantage de main-d'œuvre pour accroître leur production ;
– la population active peut augmenter plus fortement que le nombre d'emplois créés grâce à la croissance ;
– il existe un effet de flexion des taux d'activité : en période de reprise économique, certains inactifs (personnes au foyer, chômeurs découragés, personnes en formation) vont être incités à rechercher un emploi. Par conséquent, même si des emplois sont créés, cela ne fera pas baisser d'autant le nombre de chômeurs.

Cartes RÉVIS'EXPRESS

Révisez les points clés des fiches 15 à 17

Fiche 18

La mesure, les formes et les causes du chômage

CARTE 1

Comment calcule-t-on le taux de chômage ?

→ Fiche 15

CARTE 2

Qu'est-ce que le halo du chômage ?

→ Fiche 15

CARTE 3

Quelles sont les catégories d'actifs les plus vulnérables face au chômage ?

→ Fiche 15

CARTE 4

Comment définir le chômage structurel ?

→ Fiche 16

CARTE 5

En quoi consistent les frictions présentes sur le marché du travail ?

→ Fiche 16

CARTE 6

Qu'est-ce que le salaire d'efficience ?

→ Fiche 16

CARTE 7

Comment expliquer le chômage conjoncturel ?

→ Fiche 17

CARTE 8

Comment s'énonce la loi d'Okun ?

→ Fiche 17

Vu !

Réponses

CARTE 1

Le taux de chômage, qui s'exprime en pourcentage, se calcule en faisant le rapport entre le nombre de chômeurs et le nombre total d'actifs.

CARTE 2

Le halo du chômage désigne l'ensemble des personnes qui se trouvent dans des situations intermédiaires entre l'emploi et le chômage, ou entre l'inactivité et le chômage.

CARTE 3

Les jeunes, les moins diplômés et les ouvriers sont les catégories d'actifs les plus vulnérables face au chômage.

CARTE 4

Le chômage structurel est un chômage lié à des dysfonctionnements propres au marché du travail, indépendamment de la conjoncture économique.

CARTE 5

Les frictions sur le marché du travail sont liées aux délais induits par les mouvements de la main-d'œuvre, d'une entreprise à l'autre, d'une région à l'autre ou d'une profession à l'autre.

CARTE 6

Le salaire d'efficience est un salaire fixé au-dessus du niveau du salaire d'équilibre par les employeurs, afin de résoudre les problèmes posés par les asymétries d'information.

CARTE 7

Le chômage conjoncturel résulte d'une croissance économique trop faible, elle-même liée à une insuffisance de la demande.

CARTE 8

La loi d'Okun montre qu'une augmentation de la production fait baisser le chômage, mais moins que proportionnellement.

Les politiques traditionnelles face au chômage

Fiche 19

1 Le soutien de la demande stimule la croissance mais crée des déséquilibres

■ Dans un esprit keynésien (action sur la demande globale), il paraît important de permettre aux entreprises d'avoir suffisamment de débouchés pour se maintenir sur le marché, créer des emplois et passer d'un équilibre de sous-emploi au plein emploi, grâce au maintien du niveau de la consommation. En effet, selon Keynes, le niveau de chômage dépend étroitement de la demande anticipée, d'où la nécessité de soutenir la consommation en maintenant les revenus et en assurant aux chômeurs une allocation chômage.

Zoom

Les politiques de type keynésien les plus marquantes ont été celles mises en place par le président américain Franklin Roosevelt : le New Deal, entre 1933 et 1938.

■ Étant donné que les ouvriers et les employés consomment la quasi-totalité de leur salaire (Keynes parle de forte « propension moyenne à consommer » des bas revenus) et que les dépenses publiques ont un fort impact sur la croissance (principe du multiplicateur), c'est leur salaire qu'il faut augmenter en priorité, afin de stimuler la demande.

2 Le soutien de l'offre réduit certains déséquilibres mais limite la croissance

■ Dans un esprit néoclassique (action sur l'offre), il faut au contraire réduire les salaires qui constituent un coût de production nuisible à la compétitivité prix des entreprises et privent celles-ci d'opportunités de créations d'emplois.

■ En effet, les entreprises souhaiteraient pouvoir disposer d'une main-d'œuvre souple (flexible) et rencontrer le moins de contraintes (réglementaires, fiscales, financières) possible. La flexibilité est considérée comme indispensable pour éviter des rigidités organisationnelles, fonctionnelles et financières, qui accentuent les contraintes (réglementation et fiscalité).

■ En licenciant aujourd'hui, on permet aux entreprises de mieux faire face à une concurrence déloyale en provenance de l'étranger et de créer des emplois demain. En défiscalisant les entreprises, on allège les coûts et on leur permet de vendre à un prix moindre :

l'amélioration de la compétitivité prix est source de profit, ce qui permet en principe d'investir et de créer des emplois.

■ Les politiques anglaises ou nord-américaines ont adopté cette stratégie et fait diminuer le chômage en créant des millions d'emplois, mais précaires. En France, la défiscalisation et la déréglementation n'ont pas résolu le chômage.

3 Les politiques de formation sont indispensables mais coûteuses et pas toujours adéquates

■ La **formation** est une condition nécessaire mais non suffisante à l'octroi d'un poste de travail. L'ensemble des qualifications, des aptitudes, des talents et de l'expérience professionnelle, que Gary Becker (un économiste américain) a appelé le « capital humain », agit sur la compétence au travail. La formation agit surtout sur les gains de productivité du travail. En effet, les employeurs ont besoin d'une main-d'œuvre suffisamment instruite (diplômes) et surtout expérimentée (stages, emplois) pour produire.

Mot-clé

La **formation** est l'ensemble savoirs et des savoir-faire ac à l'École ou lors de stages. offre une qualification (diplô + expériences).

■ Une partie du chômage s'explique par une formation initiale qui offre trop de diplômes par rapport aux offres d'emplois, conduisant à un « déclassement » (salariés surqualifiés à des postes de travail sous-payés, ces derniers n'étant plus adressés aux moins qualifiés). Beaucoup d'études sont trop générales et ne permettent pas d'acquérir des compétences professionnelles.

■ L'échec scolaire et l'absence de diplômes, ou le fait d'avoir des diplômes de faible niveau, sont également un vrai handicap. De ce manque d'instruction découle une productivité du travail faible pour une partie des salariés, ce qui incite les libéraux à réclamer une baisse des salaires ou des charges patronales sur les moins qualifiés.

■ Aujourd'hui, de nombreuses personnes prônent plutôt une politique sociale de l'emploi qui consisterait à offrir des formations et des stages pour rendre la main-d'œuvre plus qualifiée, mais cette politique a un coût et ne fonctionne que si des postes sont effectivement créés. Par ailleurs, se pose la question de la qualité et du choix des formations qui, pour être efficaces, doivent être adaptées aux besoins de l'entreprise.

Les politiques de flexibilisation de l'emploi et du travail

Fiche 20

1 Le manque de flexibilité du marché du travail est une désincitation à l'embauche

Prônée par les néoclassiques et exigée par le patronat, la flexibilité de l'emploi et du travail est essentielle pour faire face aux rigidités qui accompagnent la logique productive et contraignent trop l'entreprise. Pour une entreprise, davantage de flexibilité signifie plus de souplesse concernant les contrats, les embauches, les licenciements, la durée des contrats, la polyvalence des salariés, les salaires…

Devoir conserver des salariés alors que le contexte économique est peu favorable aux ventes, donc au profit, n'encourage pas les entreprises à créer des postes de travail. Il y aurait alors une relation de causalité entre flexibilité et chômage, la flexibilité apparaissant comme la solution pour résoudre le chômage.

Pour les économistes libéraux, les rigidités liées aux embauches, aux conditions et aux modalités du travail, et le manque d'ajustement des salaires aux résultats de l'entreprise apparaissent comme autant de freins aux créations d'emplois. Ainsi les rigidités créent un chômage structurel.

2 La flexibilité de l'emploi, du travail et des rémunérations doit faire face à des rigidités importantes

Pour supprimer les rigidités du marché du travail, les politiques de flexibilisation cherchent à :
- faciliter les procédures de licenciement ;
- développer les contrats d'embauche permettant aux entreprises de s'adapter à la conjoncture (CDD, intérim) ;
- faciliter le recours à l'externalisation et à la sous-traitance ;
- développer les emplois à temps partiel, les horaires flexibles, les heures supplémentaires, afin de permettre aux entreprises d'adapter la durée du travail à leurs besoins ;
- donner la possibilité aux entreprises d'adapter les salaires à la conjoncture en supprimant le Smic et/ou en allégeant les charges sociales ;

Mots-clés

Le **salaire minimum de croissance** (**Smic**) correspond au salaire horaire minimum légal que le salarié doit percevoir. Le montant du Smic horaire net actuel est de 8,11 €.

Vu !

– développer la polyvalence des travailleurs ;
– rendre plus facile la mobilité géographique des travailleurs à l'intérieur de l'entreprise.

■ Même si certains pays connaissent des rigidités et peu de chômage (Norvège) et d'autres de la flexibilité et du chômage (Finlande), il semble que la flexibilité ait un effet assez positif sur les embauches, donc sur le chômage. On peut en effet constater une corrélation causale négative entre le degré de flexibilité et le taux de chômage : plus il y a de flexibilité et moins il y a de chômage. Toutefois, le lien n'est pas automatique et la flexibilité est critiquée.

3 En dépit d'une possible flexisécurité, la flexibilité présente des limites et des dangers

■ Pour faire accepter les changements évoqués précédemment, des accords assurant des garanties de sécurité ont été signés : on parle alors de « flexisécurité » (comme l'accord national interprofessionnel qui offre une complémentaire santé).

■ Cependant, en passant d'un CDI à un CDD, on fragilise à la fois les niveaux de vie des salariés, leur carrière et leur mode de vie. La baisse des revenus liée au temps partiel, par exemple, accroît l'importance des travailleurs pauvres, donc la pauvreté. L'entrée dans les formes particulières d'emploi (FPE) crée également un risque de précarité, avec une alternance de situations d'emploi provisoire et de chômage (qui peut être sans allocations).

■ La flexibilité s'accompagne souvent d'une perte d'acquis sociaux et d'une dégradation des conditions de travail. Michael Piore, un économiste américain, a mis en valeur les effets négatifs de la flexibilité sur le marché du travail : elle crée un dualisme, une segmentation, entre un marché (ou secteur) primaire, constitué d'emplois stables aux bonnes conditions de travail et de rémunération (fonctionnaires, cadres), et un marché (ou secteur) secondaire, constitué d'emplois précaires, aux mauvaises conditions de travail, mal rémunérés. La flexibilité accroît ainsi les inégalités.

■ Par ailleurs, elle ne résout pas pour autant durablement le problème du chômage. En effet, l'allègement des coûts du travail ne se traduit pas forcément par plus d'embauches et les facilités de licenciements non plus.

Cartes RÉVIS'EXPRESS

Révisez les points clés des fiches 19 et 20

Fiche 21

Les politiques de lutte contre le chômage

CARTE 1

En quoi consistent les politiques keynésiennes de lutte contre le chômage ?

→ Fiche 19

CARTE 2

Pourquoi Keynes préconise-t-il d'accroître les revenus des salariés les plus modestes ?

→ Fiche 19

CARTE 3

Pourquoi des salaires trop élevés peuvent-ils être un frein à l'embauche ?

→ Fiche 19

CARTE 4

Comment les politiques de formation permettent-elles de lutter contre le chômage ?

→ Fiche 19

CARTE 5

Quels sont les inconvénients des politiques de formation ?

→ Fiche 19

CARTE 6

À quoi sont dues les rigidités présentes sur le marché du travail ?

→ Fiche 20

CARTE 7

En quoi consistent les politiques de flexibilisation ?

→ Fiche 20

CARTE 8

Quels sont les effets négatifs des politiques de flexibilisation sur les salariés ?

→ Fiche 20

Vu !

Réponses

CARTE 1

Les politiques keynésiennes de lutte contre le chômage visent à soutenir la demande globale, et plus spécifiquement la consommation.

CARTE 2

Keynes préconise d'accroître les revenus les plus modestes car ce sont ceux qui ont la plus forte propension moyenne à consommer, d'où un plus fort impact sur la croissance.

CARTE 3

Dans l'analyse néoclassique, des salaires trop élevés accroissent les coûts de production des entreprises, ce qui ne les incite pas à embaucher.

CARTE 4

Les politiques de formation permettent d'accroître les qualifications des salariés et donc leur productivité.

CARTE 5

Les politiques de formation présentent l'inconvénient d'être coûteuses et de n'être efficaces que si elles sont adaptées aux besoins des entreprises.

CARTE 6

Les rigidités présentes sur le marché du travail sont liées à un manque de souplesse concernant les contrats de travail, les procédures de licenciement, les salaires…

CARTE 7

Les politiques de flexibilisation visent à lutter contre les rigidités présentes sur le marché du travail en donnant plus de souplesse aux entreprises dans la gestion de leur main-d'œuvre.

CARTE 8

Les politiques de flexibilisation entraînent le développement des emplois temporaires et/ou à temps partiel ce qui accroît le risque de pauvreté et de précarité des salariés.

Les crises financières de 1929 et 2008

Fiche 22

1 La crise financière : la rupture de l'équilibre sur le marché financier

■ Les crises financières sont inhérentes au système capitaliste et, si chacune d'elles est spécifique, elles sont toutes animées par des logiques proches. Toute crise financière est associée à la notion de risque, qu'il s'agisse d'un risque de taux d'intérêt, de crédit, de change, de marché ou de financement. Lorsque les déséquilibres et l'effet de panique se généralisent à l'ensemble du système, on parle de choc systémique.

■ Les crises financières rythment l'histoire des marchés financiers et le caractère mondial du système financier et des flux de capitaux facilite l'effet de propagation des déséquilibres et des chocs qui les affectent. Lorsque l'offre et la demande n'arrivent plus à s'équilibrer, des comportements de panique peuvent gagner les marchés : une crise de confiance s'installe. La crise financière révèle alors des déséquilibres, des dysfonctionnements, des comportements à risque, des erreurs de stratégie, une absence d'information, d'anticipation, de régulation.

■ Au-delà du problème posé par leur fréquence et la difficulté à les maîtriser, les crises financières ont un effet sur le reste de l'économie, les sources de financement étant indispensables aux investissements et au fonctionnement du système économique. Le manque de confiance dans les marchés financiers compromet la confiance dans l'avenir et bloque certaines décisions.

2 Les spécificités de la crise de 1929

■ La crise de 1929, dont le déclenchement a surpris les contemporains, est restée dans les mémoires en raison notamment des effets désastreux qu'elle a eu sur l'économie mondiale. Initiée aux États-Unis, la crise a provoqué une grande dépression qui s'est entendue au monde entier.

■ Depuis le printemps 1929, malgré des signes avant-coureurs, la dynamique spéculative se poursuivait dans un climat général assez laxiste concernant les accords de crédits bancaires, jusqu'à ce que la bulle financière éclate le fameux « jeudi noir » (24 octobre), lorsque l'indice de Wall Street (le Dow Jones) perd 22,6 % de sa valeur en quelques heures.

■ Les faillites des entreprises sur lesquelles la spéculation s'était portée sont alors très nombreuses, beaucoup de grandes fortunes disparaissent (nombreux suicides). Les différentes sphères de l'économie sont touchées.

Chiffres-clés

La production industri[...] américaine a été div[...] par deux entre 1929 [...] 1932 et le chômage [...]tiplié par 8.

■ Les faillites en chaîne des entreprises provoquent une contraction de la production et une montée brutale du chômage. Le chômage de masse alimente à son tour la dépression : les ménages privés d'emploi et de revenus consomment moins, et ceux qui conservent leur emploi se constituent une épargne de précaution, d'où une baisse de la production des entreprises.

■ La baisse de la demande entraîne de la déflation, soit un effondrement des prix, qui aggrave la dépression : les ménages et les entreprises font des anticipations de baisse des prix encore plus fortes et diffèrent donc leur consommation et leurs investissements. L'économie américaine entre alors dans un cercle vicieux de dépression, déflation et chômage de masse.

3 Les spécificités de la crise de 2008

■ Aux États-Unis, la crise des **subprimes** a été provoquée par la hausse des taux directeurs de la Banque centrale des États-Unis (la FED), qui a rendu insolvables de nombreux ménages ayant souscrit un emprunt immobilier. Les banques ont alors tenté de revendre à perte les maisons saisies, créant un effondrement du marché immobilier. Les faillites bancaires (crise bancaire) ont fait éclater la bulle spéculative immobilière et ont créé une crise boursière grave (panique et comportement mimétique).

Mot-clé

Les **subprimes** sont [...] crédits à risque, dest[...] aux emprunteurs pré[...]tant le risque de non-[...]boursement le plus fort [...] *job, no income, no as[...]* Ces crédits présente[...] particularité d'être à [...] fixe les deux premi[...] années et à taux vari[...] les années suivantes.

■ Le manque de liquidités a bloqué un temps les économies nationales. Des mouvements spéculatifs contre les dettes souveraines et contre l'euro ont déstabilisé les marchés. Les agences de notation ont déprécié des acteurs, ce qui les a poussés à modifier leur comportement.

■ L'une des grandes différences avec la crise de 1929, c'est la réactivité des dirigeants nationaux et des banques centrales, les pouvoirs publics étant largement intervenus. Si l'État américain a laissé la banque Lehman Brothers et de très nombreuses banques faire faillite, il a fini par intervenir massivement pour limiter les dégâts. Quant aux gouvernements européens, ils ont été relativement réactifs, en partie avec le soutien de la Banque centrale européenne (BCE).

Des bulles spéculatives aux faillites bancaires

Fiche 23

1 La formation d'une bulle spéculative

■ La spéculation est inhérente au fonctionnement de la Bourse : les agents font des paris sur la valeur d'actions, de monnaies, de dettes… L'idéal est d'acheter le moins cher possible et de revendre ultérieurement le plus cher possible, afin de dégager un profit maximal. Il y a formation d'une « bulle » lorsque la valeur des actifs financiers s'écarte de plus en plus de leur valeur de marché, leurs possesseurs ayant alors des comportements mimétiques. La mondialisation financière favorise également les flux monétaires et la spéculation.

Zoom

Le **paradoxe de la tranquillité** décrit par Hyman Minsky permet d'expliquer la formation des bulles spéculatives : « c'est quand tout va bien que les risques se prennent ». En période d'expansion, les agents économiques sont euphoriques. Cet excès de confiance en l'avenir incite les ménages et les entreprises à investir. De leur côté, les banques leur accordent facilement des crédits, sans être trop regardantes sur leurs capacités de remboursement.

■ Sur les marchés financiers, on peut parier que l'achat d'une entreprise par une autre va accroître la valeur des actions de celle-ci : devenue plus grande, cette entreprise va pouvoir faire plus de profit en élargissant son marché. On peut aussi spéculer contre une monnaie quand on sent que sa valeur s'affaiblit. On peut parier sur la capacité que pourrait avoir un gouvernement à rembourser sa dette publique… Un problème se pose lorsque les valeurs qui font l'objet de la spéculation s'envolent beaucoup trop vite par rapport à la vraie valeur marchande.

2 L'éclatement de la bulle spéculative

■ Sur les marchés financiers, la hausse des prix crée une augmentation des achats, ce qui renforce la hausse des valeurs : la bulle spéculative qui s'est formée s'auto-entretient. En effet, la forte hausse du prix des actifs (immobilier, actions…) conduit les agents à anticiper des hausses de prix encore plus fortes et à acheter massivement des actifs.

■ Ce phénomène est renforcé par les comportements mimétiques des agents : ceux qui voient les autres acheter massivement des actifs font de même. Et ils sont confortés dans leurs anticipations de hausse des prix puisque leurs achats massifs d'actifs entraînent

Vu !

en effet cette hausse : on parle alors de prophéties autoréalisatrices. Ainsi, lorsqu'on prédit ou lorsqu'on s'attend à un événement (souvent négatif comme une chute de valeur), on modifie ses comportements, ses choix d'achat et de vente. La hausse ou la baisse de valeur anticipée se réalise alors, ce qui a pour effet de confirmer la prophétie, au lieu de poursuivre l'évolution initialement prévue.

■ Petit à petit, les agents économiques vont prendre conscience de la déconnexion entre le prix et la valeur réelle des actifs qu'ils détiennent. Ils vont vouloir revendre au plus vite ces actifs car ils anticipent une baisse des prix et parce qu'ils voient les autres faire de même (comportements mimétiques). Comme ils sont nombreux à vendre, le prix de ces actifs s'effondre comme ils l'avaient prédit (prophéties autoréalisatrices) et la bulle financière éclate, ce qui provoque une crise financière.

3 La panique financière et les faillites bancaires

■ La panique financière s'accompagne d'une panique bancaire car beaucoup de banques de second rang se retrouvent en manque de moyens financiers pour accorder des crédits. Comme l'illustre le cas de nombreuses banques aux États-Unis lors de la crise des subprimes en 2008, les établissements qui ont trop spéculé sur des titres risqués se sont retrouvés en grande difficulté financière, voire en faillite.

■ Lorsque de nombreux déposants parmi les clients des banques veulent retirer au même moment leur argent, la panique accentue la crise bancaire. Les faillites bancaires et l'instabilité financière qui en résulte provoquent des réactions en chaîne qui s'étendent alors à d'autres pays. Le système financier se bloque, tout comme le système bancaire : c'est l'**effet domino**. On assiste alors à une crise systémique.

> **Expression-clé**
> La crise de liquid des banques peut transformer en crise solvabilité général touchant le systè financier mondial, a des risques en casca c'est l'**effet domino**.

■ Faute de pouvoir créer de la monnaie, les États doivent emprunter davantage, d'où la hausse de leur dette souveraine, ce qui fragilise la solvabilité des États et provoque une crise de confiance des investisseurs dans les obligations et les marchés financiers. L'explosion du service de la charge de la dette accroît le risque de défaut (risque de non-remboursement de la dette par l'emprunteur) et le risque de contagion des crises des dettes souveraines.

Cartes RÉVIS'EXPRESS

Révisez les points clés des fiches 22 et 23

Fiche 24

Les caractéristiques et les causes des crises financières

CARTE 1

Qu'est-ce qu'une crise financière ?

→ Fiche 22

CARTE 2

Pourquoi les crises financières ont-elles des effets sur le reste de l'économie ?

→ Fiche 22

CARTE 3

Quel a été l'élément déclencheur de la crise de 1929 ?

→ Fiche 22

CARTE 4

Que sont les subprimes, à l'origine de la crise de 2008 ?

→ Fiche 22

CARTE 5

Qu'est-ce qu'une bulle spéculative ?

→ Fiche 23

CARTE 6

Pourquoi une bulle financière peut-elle s'auto-entretenir ?

→ Fiche 23

CARTE 7

Comment expliquer l'éclatement d'une bulle spéculative ?

→ Fiche 23

CARTE 8

Qu'est-ce que l'effet domino ?

→ Fiche 23

Vu

Réponses

CARTE 1

Une crise financière est toujours associée à un risque lié aux banques ou aux marchés de capitaux et qui peut concerner le crédit, le taux d'intérêt, les actifs financiers ou immobiliers.

CARTE 2

Les crises financières concernent les banques ou les marchés financiers. Elles affectent les sources de financement des agents économiques, et donc leurs possibilités d'investissement et de production.

CARTE 3

L'éclatement d'une bulle spéculative liée à un système d'achat très laxiste des crédits bancaires, explique l'effondrement du Dow Jones et le début de la crise de 1929.

CARTE 4

Les subprimes sont des crédits à risque, accordés à taux variable aux emprunteurs présentant le risque de non-remboursement le plus fort.

CARTE 5

Une bulle spéculative sur un actif financier apparaît lorsque la valeur de cet actif sur le marché devient très supérieure à sa valeur réelle.

CARTE 6

Ce sont les comportements mimétiques des agents économiques qui expliquent que les bulles spéculatives s'auto-entretiennent.

CARTE 7

L'éclatement d'une bulle spéculative provient d'un retournement des anticipations des agents économiques, qui prennent conscience de la déconnexion entre le prix et la valeur réelle des actifs qu'ils détiennent.

CARTE 8

L'effet domino désigne le phénomène de faillite bancaire en chaîne, qui se propage rapidement et qui conduit à un blocage complet du système financier.

De la crise financière à la crise de l'économie réelle

Fiche 25

1 La globalisation a facilité la perturbation de l'économie par la crise financière

■ La globalisation financière qui accompagne la mondialisation a rendu plus accessibles de multiples sources de financement. Elle a facilité les flux de capitaux, diversifié les sources de financement des agents, créé des opportunités d'enrichissement et une sorte de partage des risques, tout en créant beaucoup de dynamisme.

■ La globalisation a cependant accentué les interdépendances entre les nations et s'est également accompagnée d'une opacité des marchés et des comportements, créant des conduites à risque déstabilisantes.

2 Un blocage du système bancaire

■ L'éclatement de la bulle spéculative conduit à un blocage du système bancaire. L'effondrement des cours boursiers (krach financier) met en difficulté les banques face aux défauts de paiement de leurs clients qui sont dans l'impossibilité de rembourser leurs crédits. Les pertes bancaires peuvent alors pousser certaines banques à la faillite (crise bancaire).

■ Par ailleurs, si les banques n'arrivent pas à se refinancer auprès de la Banque centrale, elles ne peuvent plus accorder de crédits. Les conditions de financement sur le marché privent les agents qui doivent investir de moyens de financer leurs activités.

■ La dégradation des conditions d'octroi des prêts et les difficultés de refinancement des banques ont pour effet une contraction du crédit. Ce **credit crunch** bloque les dépenses de consommation des ménages et des entreprises, et l'investissement, qui sont pourtant indispensables au marché et à l'emploi. L'investissement et la consommation pâtissent donc des freins à l'emprunt, ce qui empêche la croissance et crée du chômage.

> **Expression-clé**
>
> Le **credit crunch** correspond au resserrement du crédit par les banques. Cette panne du crédit bancaire paralyse le financement de l'économie.

■ Il y a ainsi bien un effet de la crise financière sur l'économie réelle, les agents financiers ne pouvant offrir de bonnes conditions d'activités aux agents non financiers.

Vu

■ Aux États-Unis, lors de la crise des subprimes en 2008, faute de pouvoir prêter de l'argent et en raison de leur implication dans la bulle spéculative, beaucoup de banques ont fait faillite. En récupérant les maisons des particuliers devenus insolvables, les banques se sont retrouvées avec de nombreux biens à vendre en même temps, ce qui a renforcé l'effondrement des prix de l'immobilier.

Zoom

Le 15 septembre 2008, la banque am
ricaine Lehman Brothers fait faillite,
qui marque le début du séisme fina
cier. À Wall Street, le Dow Jones plon
de 500 points. Lehman Brothers
la plus grosse victime de la crise
subprimes et sa chute l'a intensifiée.

3 La contagion à l'économie réelle

■ L'économie réelle désigne la sphère de l'activité économique uniquement concernée par la production de biens et de services, par opposition à la sphère financière. La crise financière se transmet à l'économie réelle par le biais de plusieurs canaux.

■ Tout d'abord, l'effondrement de la valeur des actifs immobiliers ou financiers crée un effet de richesse négatif : la valeur du patrimoine des ménages qui détenaient ces actifs diminue. Par conséquent, les ménages vont réduire leurs dépenses de consommation et d'investissement, ce qui entraîne une récession.

■ De plus, la baisse du prix de certains de ces actifs qui sont utilisés comme collatéral (garantie) de leurs emprunts (immobiliers notamment) fragilise la situation financière des ménages. Ils sont conduits à des ventes forcées d'actifs, c'est-à-dire à des ventes d'actifs destinées à pouvoir rembourser leurs emprunts, ce qui fragilise la situation financière de l'ensemble des agents économiques par effet de contagion.

■ Enfin, la crise financière provoque une contraction du crédit (credit crunch) : comme les banques anticipent un risque de non remboursement plus important de leurs emprunteurs, elles durcissent leurs conditions d'octroi de crédit et augmentent leurs taux d'intérêt. Le volume des crédits accordés diminue, ce qui entraîne une baisse de la consommation et de l'investissement, et donc une récession.

La régulation du système bancaire et financier

Fiche 26

1 L'indispensable régulation du système bancaire et financier

■ La globalisation financière facilitée par la mondialisation a créé des conditions favorables à la diversification des sources de financement des agents et aux mouvements spéculatifs. En même temps, la **titrisation** et les innovations financières ont été favorisées par une **déréglementation générale** à partir des années 1980. Or il n'est pas possible de laisser les marchés financiers s'emballer sans intervenir. L'identification des activités à risque permet d'isoler les sources d'instabilité.

> **Mot-clé**
>
> La **titrisation** consiste à transformer des crédits distribués par une banque en titres de créances (obligations) qu'un investisseur peut acheter et vendre à tout moment.

■ Le **manque de transparence** sur un marché déréglementé (donc sans contrôles) crée des failles dans les informations (manque de fiabilité des statistiques, mensonges) : il est nécessaire d'améliorer l'information. Plusieurs pistes de réflexion ont été envisagées, mais le manque d'ambition et l'existence d'obstacles à ces mesures sont un frein.

■ Ainsi, on parle de limiter la titrisation et de créer des « chambres de compensation », de contrôler davantage les opérations de « gré à gré », d'imposer une réglementation financière, de mettre en place des **politiques macroprudentielles** (ayant comme objectif de limiter le risque systémique), de contrôler plus les crédits, de lutter contre les paradis fiscaux, de fiscaliser les mouvements de capitaux… Dans les faits, les obstacles, les lobbies et l'opacité restent considérables, et la coopération internationale et les sanctions sont bien modestes.

2 La réduction de l'aléa moral des banques par la supervision

■ L'**aléa moral** est une conséquence, sur un marché, d'une asymétrie d'information qui montre que l'agent le moins bien informé ne peut prévoir et contrôler le comportement de l'agent le mieux informé, qui peut alors en profiter en se comportant de manière opportuniste et contraire aux intérêts de l'autre agent. Appliqué au marché bancaire, l'aléa moral montre que les **banques de second rang**, se sachant protégées par la Banque centrale en cas de

Vu

difficultés (prêteur en dernier ressort), sont incitées à prendre davantage de risques qu'elles ne l'auraient fait. Deux solutions existent pour résoudre ce problème d'aléa moral : contrôler l'activité des banques (supervision) et leur imposer des ratios de solvabilité.

■ Lors de la crise financière de 2008, les banques ont dû redéfinir un certain nombre de leurs fonctions et les banques centrales ont renforcé leur rôle afin de tenter d'assurer une stabilité financière.

■ Bien qu'étant intervenue tardivement, la Banque centrale européenne (BCE) a fini par soutenir les banques et par faciliter leurs conditions de refinancement et d'octroi de crédits. Elle a également agi en achetant des titres et en restructurant la dette grecque, et elle a calmé la spéculation en limitant les activités à la hausse des taux d'intérêt, ce qui a sauvé l'euro.

■ En affectant massivement des liquidités dans l'économie européenne, la BCE a misé sur une baisse du taux d'intérêt. Mais la croissance européenne tarde à venir.

3 La réduction de l'aléa moral des banques par le ratio de solvabilité

■ Depuis la fin des années 1980, différents accords entre les États ont fixé des règles prudentielles : les accords de Bâle. En 1988, avec Bâle I, sont fixés des ratios de solvabilité. Ainsi, le ratio Cooke mesure la solvabilité des banques, autrement dit la capacité financière des banques à faire face à une baisse de la valeur de leurs actifs (crédits accordés, titres achetés) grâce à leurs fonds propres (leurs bénéfices essentiellement). Ce ratio se calcule de la façon suivante :

Ratio de solvabilité = (fonds propres des banques / actifs détenus par les banques pondérés par leurs risques) × 100

■ Ce ratio doit être égal à 8 % au moins afin de contraindre les banques à réduire leurs prises de risques lorsqu'elles accordent des crédits et/ou achètent des titres financiers.

■ Lors de la crise de 2008, la BCE a tenté de relancer la croissance par la consommation en baissant le niveau de ses taux d'intérêt directeurs (taux auxquels les banques de second rang se refinancent auprès d'elle sur le marché interbancaire). Les banques ont répercuté cette baisse sur les taux d'intérêt des crédits qu'elles accordent, d'où une hausse de la demande de crédit des ménages. Les banques ont augmenté le volume des crédits octroyés, sans être trop regardantes sur les risques qu'elles prenaient. Face à cette prise de risques trop importante, la BCE a décidé de durcir les conditions d'octroi des prêts par les banques, notamment en les contraignant à améliorer leur ratio de solvabilité.

Cartes RÉVIS'EXPRESS

Révisez les points clés des fiches 25 et 26

Fiche 27

Les conséquences des crises financières et les politiques de régulation de ces crises

CARTE 1

Comment un krach boursier se transforme-t-il en faillite bancaire ?

→ Fiche 25

CARTE 2

Qu'est-ce qui distingue économie réelle et économie (ou sphère) financière ?

→ Fiche 25

CARTE 3

Pourquoi le comportement des ménages face à un krach boursier amplifie-t-il la crise financière ?

→ Fiche 25

CARTE 4

Qu'est-ce que la titrisation ?

→ Fiche 26

CARTE 5

Quel est l'objectif des politiques macroprudentielles ?

→ Fiche 26

CARTE 6

En quoi consiste l'aléa moral sur le marché bancaire ?

→ Fiche 26

CARTE 7

Quelles règles prudentielles ont été adoptées lors des accords de Bâle en 1988 ?

→ Fiche 26

CARTE 8

Quel est l'objectif du ratio Cooke ?

→ Fiche 26

Vu !

Réponses

CARTE 1

Un krach boursier fait baisser la valeur des patrimoines détenus par les ménages et les met dans l'incapacité de rembourser leurs crédits, ce qui peut conduire les banques à faire faillite.

CARTE 2

L'économie réelle désigne l'activité économique uniquement liée à la production de biens et services. L'économie financière concerne les banques et les marchés de capitaux permettant le financement de cette production.

CARTE 3

Lors d'un krach boursier, les ménages sont fragilisés financièrement : ils vont donc être conduits à des ventes forcées d'actifs, ce qui amplifie la baisse du cours des actifs boursiers.

CARTE 4

La titrisation consiste à transformer des crédits distribués par une banque en titres de créance pouvant être achetés et vendus à tout moment sur les marchés financiers.

CARTE 5

Les politiques macroprudentielles ont pour objectif de limiter les prises de risques par les banques afin de limiter le risque de contagion bancaire lors des crises.

CARTE 6

Sur le marché bancaire, l'aléa moral désigne le fait que les banques de second rang sont incitées à prendre plus de risques car elles se savent protégées par la Banque centrale en cas de difficultés.

CARTE 7

Les accords de Bâle ont permis l'adoption de différentes règles prudentielles, principalement des ratios de solvabilité imposés aux banques.

CARTE 8

Le ratio Cooke a pour objectif de contraindre les banques à réduire leurs prises de risques lorsqu'elles accordent des crédits et/ou achètent des titres financiers.

Les fondements de l'intégration européenne

Fiche 28

1 Vers l'intégration totale

■ Que de chemin parcouru depuis la signature de la Communauté européenne du charbon et de l'acier (CECA) en 1948 et du Traité de Rome à 6 pays en 1957 ! L'Union européenne à 27 d'aujourd'hui (depuis la sortie du Royaume-Uni en 2020) s'oriente vers une présidence et une gouvernance supranationales. L'ultime étape est l'intégration totale, articulée autour :

Zoom

L'euro, la monnaie unique des pays de la zone euro, a été introduit en 2002. La Banque centrale européenne et la Commission européenne sont chargées de maintenir sa valeur et sa stabilité.

– d'un marché unique par une libre circulation des produits, des capitaux et des personnes ;
– d'une monnaie unique (aujourd'hui pour 19 nations seulement) ;
– d'une harmonisation des politiques économiques et sociales.

Zone de libre-échange	Union douanière	Marché commun	Union économique et monétaire	Intégration totale
Zone de libre-échange Suppression des droits de douane internes	Zone de libre-échange + Taxe économique commune + Harmonisation des législations nationales douanières	Union douanière + Libre circulation des hommes, des capitaux, des biens et des services	Marché commun + Harmonisation des politiques économiques et monétaires + Monnaie unique + Banque centrale	Union économique et monétaire + Politiques économiques et sociales communes + Pouvoir supra-national

2 La nécessaire mais contraignante harmonisation des politiques nationales

■ Pour accélérer l'homogénéisation des niveaux de développement, ont été mis en place des fonds structurels, qui aident particulièrement les pays moins avantagés, et de multiples outils de coordination.

■ Afin de créer une intégration totale, les dirigeants des États membres doivent orienter les politiques nationales vers les mêmes objectifs. Le **Pacte de stabilité et de croissance**, qui visait à limiter les incertitudes financières, est aujourd'hui en révision. Initialement, il s'agissait de réduire l'instabilité des monnaies, limiter le montant des taux d'intérêt et de l'inflation, et d'éviter l'explosion des déficits et des dettes publiques. Aujourd'hui, il faut aussi associer des pays hors de l'eurosystème (le « pacte pour l'euro plus ») qui conservent leur monnaie, comparer et mesurer les programmes économiques nationaux (« semestre européen ») et mettre en place une euro-obligation *(euro-bond)* et un fonds monétaire européen.

Mots-clés

Le **Pacte de stabilité et de cro sance** est l'instrument dont pays de la zone euro se sont do afin de coordonner leurs politiq budgétaires nationales et d'évi l'apparition de déficits excessifs impose aux États de la zone e d'avoir à terme des budgets proc de l'équilibre ou excédentaires.

■ Les critères de convergence du Pacte de stabilité et de croissance ont longtemps poussé des gouvernements peu libres à mettre en place des politiques monétaires et budgétaires restrictives, limitant le potentiel de croissance, mais également à désengager l'État (privatisations, déréglementations, réforme de la fonction publique, obstacles aux politiques sociales).

■ Pour les États, l'harmonisation a eu comme principale conséquence la réduction de leurs marges de manœuvre en matière de politique économique, monétaire et sociale. Ainsi, pour mettre en place certaines réformes, les gouvernements doivent avoir l'aval de leurs partenaires, et les mesures de relance ne doivent pas creuser les déficits publics ni avantager des entreprises nationales au profit d'entreprises concurrentes.

3 Des obstacles majeurs à l'intégration

■ Malgré tout, des questions majeures sur l'organisation de l'Union européenne restent en suspens. La coordination des États membres est d'autant plus difficile à assurer qu'elle peut être interprétée différemment :

– la coordination « bien-public » s'intéresse aux règles de fonctionnement (libre-échange, stabilité…) en renforçant le cadre institutionnel et politique pour appliquer les mesures ;

– la coordination « stratégique » préfère l'utilisation des instruments de politique avec une volonté commune d'aboutir durablement.

■ La nature de l'Europe elle-même n'est pas encore nettement choisie : faut-il construire une Europe régionale ou une Europe fédérale ? Sur le plan économique, l'harmonisation de la fiscalité, qui n'est pas encore réalisée, fait débat.

La politique européenne de la concurrence

Fiche 29

1 La politique de la concurrence vise à garantir des conditions de marché plus équitables

■ La politique de la concurrence est un type de politique structurelle dont l'objectif est de maintenir la concurrence sur un marché, afin que certains acteurs n'aient pas des avantages particuliers au détriment d'autres acteurs. Depuis le traité de Rome (1957), les politiques publiques nationales sont soumises, dans l'espace européen, à la politique de la concurrence développée par la Commission européenne.

■ Cette politique définit les règles de la concurrence sur les marchés et contrôle ou sanctionne les comportements menaçant la concurrence. Le but n'est pas seulement de lutter contre la concurrence déloyale mais aussi d'éviter que le consommateur soit pénalisé par des pratiques anticoncurrentielles.

Mots-clés

Monopole : situation de marché dans laquelle il n'y a qu'un producteur face à de multiples acheteurs.

Oligopole : situation de marché dans laquelle il y a peu de producteurs face à de multiples acheteurs.

■ La politique de la concurrence surveille en particulier les **marchés monopolistiques** et **oligopolistiques**, qui sont accusés d'abus de position dominante en imposant leurs produits, leurs prix et leurs barrières à l'entrée des marchés.

■ Elle sanctionne les cartels de producteurs qui nuisent à la concurrence sur les marchés car ils réduisent la transparence de l'information. Ces cartels peuvent prendre des formes différentes : partage de marché, fixation de quotas de production, entente sur les prix… Ceux-ci encourent des amendes élevées.

2 Il s'agit de lutter contre les barrières à l'entrée et les situations de monopoles et d'oligopoles

■ Les situations monopolistique et oligopolistique créent des conditions défavorables à la concurrence. Sur un marché, les entreprises peuvent créer des barrières à l'entrée, ce qui laisse le marché dans un état de non-concurrence, surtout lorsque quelques entreprises s'entendent entre elles (pratique illégale). La concurrence est alors rendue impossible. Il s'agit, pour ces entreprises, de limiter la concurrence directe pour conserver une

Vu

situation de position dominante, issue par exemple de la détention de brevets, de la réalisation d'investissements très lourds, de moyens massifs en marketing et en publicité…

■ Le monopole peut, comme l'oligopole, être discriminant par les prix, par exemple en offrant des formules différentes (destinées aux jeunes, aux familles nombreuses, aux seniors…) sur certains produits ou services, ce qui est défavorable à la concurrence (toutes les entreprises n'ayant pas les moyens d'agir ainsi).

■ Les monopoles et les oligopoles créent des conditions défavorables aux consommateurs : absence de choix de produits, stratégies de « demande captive », prix imposés, conditions de vente et de service après-vente imposées… Les monopoles et les oligopoles ont ainsi un véritable pouvoir de marché qu'ils cherchent à renforcer en mettant en œuvre des stratégies parfois illicites comme les abus de position dominante.

■ Certains produits font également l'objet de licences spéciales et échappent ainsi aux règles de fonctionnement en vigueur dans les marchés où règne la concurrence.

Mots-clés

L'abus de position domina désigne l'ensemble des st tégies mises en œuvre une entreprise et consistan utiliser son pouvoir de mar (sa position dominante sur marché) afin de restreindre jeu de la concurrence.

3 Il s'agit également de défendre le consommateur et le producteur, mais aussi de déréglementer l'État

■ Certaines entreprises peuvent être accusées de créer des cartels de producteurs et d'entente illégale sur les prix. Pour contrer ces ententes, la politique de la concurrence veille à ce que :

– le consommateur tire bénéfice d'un marché plus concurrentiel avec des prix plus attractifs ;

– le producteur tire profit de libertés et de dynamiques : nouveaux intrants, amélioration de la compétitivité prix, baisse possible de prix, possibilité d'investir, opportunités d'innovation…

■ La politique de la concurrence conduit toutefois à démanteler des monopoles publics, donc à privatiser partiellement des entreprises publiques (EDF, Véolia, SNCF…) au grand dam des syndicats et des salariés.

■ Ainsi, la France est obligée de réformer l'État et de déréglementer certains marchés, en raison des pressions de l'Union européenne. En effet, la politique européenne de la concurrence, imposée par la Commission européenne, a pour but final l'intégration totale : c'est-à-dire parvenir à un seul marché animé par une multitude d'acteurs.

Fiche 30

L'intégration européenne et la politique européenne de la concurrence

CARTE 1

Comment définir l'Union économique et monétaire ?

→ Fiche 28

CARTE 2

À quelles conditions l'Union économique et monétaire parvient-elle à une intégration économique et sociale totale ?

→ Fiche 28

CARTE 3

Qu'est-ce que le Pacte de stabilité et de croissance ?

→ Fiche 28

CARTE 4

Quels sont les effets négatifs du Pacte de stabilité et de croissance sur les États membres ?

→ Fiche 28

CARTE 5

Quelle instance est chargée de la mise en œuvre de la politique de la concurrence au niveau européen ?

→ Fiche 29

CARTE 6

Pourquoi les cartels de producteurs constituent-ils une entrave à la concurrence ?

→ Fiche 29

CARTE 7

Pourquoi les monopoles et les oligopoles sont-ils étroitement surveillés par la politique de la concurrence ?

→ Fiche 29

CARTE 8

Quels sont les agents économiques dont la politique de la concurrence cherche à préserver les intérêts ?

→ Fiche 29

Vu !

Réponses

CARTE 1

L'Union économique et monétaire est un ensemble d'États dotés d'un marché commun, d'une monnaie unique, de politiques économiques et monétaires harmonisées.

CARTE 2

Pour parvenir à une intégration totale, l'Union doit mettre en œuvre des politiques économiques et sociales communes et se doter d'un pouvoir supranational.

CARTE 3

Le Pacte de stabilité et de croissance désigne l'ensemble des critères économiques que les États de la zone euro se sont engagés à respecter, afin de favoriser la coordination de leurs politiques budgétaires nationales.

CARTE 4

Du fait de leur caractère contraignant, les critères de convergence du Pacte de stabilité et de croissance laissent peu de marges de manœuvre aux États en matière de politique économique, monétaire et sociale.

CARTE 5

C'est la Commission européenne qui est chargée de la mise en œuvre de la politique de la concurrence au sein de l'Union européenne.

CARTE 6

Les cartels de producteurs, qui sont des ententes passées entre producteurs et portant sur les prix, les quantités produites, faussent le jeu de la concurrence en réduisant la transparence de l'information.

CARTE 7

Les monopoles et les oligopoles sont des structures de marché favorisant les abus de position dominante et donc la restriction du jeu de la concurrence.

CARTE 8

La politique de la concurrence cherche à préserver les intérêts des consommateurs (prix attractifs) et ceux des producteurs (opportunités d'innovation, d'investissement, etc.).

Les effets des politiques monétaire et budgétaire européennes

Fiche 31

1 La politique monétaire vise à gérer le marché de la monnaie

■ La politique monétaire est gérée par la Banque centrale européenne (BCE) qui fixe des objectifs d'inflation ou de croissance à court et moyen termes. Celle-ci dispose de moyens spécifiques. Elle peut en particulier agir sur le taux d'intérêt directeur et le taux de change. Elle encadre également la quantité de crédits octroyés par les banques de second rang afin de réguler la création monétaire.

Mots-clés

La politique monétaire est l'ensemble des moyens mis en œuvre pour émettre de la monnaie, contrôler les quantités en circulation (masse monétaire) et orienter les flux.

■ Le taux d'intérêt a deux fonctions principales : d'une part, rémunérer l'épargne, les placements, les prêts des créanciers ; d'autre part, faire payer des frais lors de l'emprunt. D'où la contradiction entre le besoin d'un taux d'intérêt élevé pour stimuler les placements et d'un taux d'intérêt faible pour encourager les agents à faire appel aux crédits.

■ Le choix de l'objectif final présente un enjeu considérable : on peut choisir, dans un esprit keynésien, de mettre en place une politique monétaire expansive (baisse des taux d'intérêts directeurs destinée à encourager le crédit afin de stimuler la croissance et de réduire le chômage), ou bien, dans un esprit néoclassique (comme Milton Friedman), de mettre en place une politique monétaire restrictive (augmentation des taux d'intérêt directeurs afin de limiter l'octroi de crédits et donc lutter contre l'inflation).

2 La politique budgétaire vise à gérer l'argent public

■ La politique budgétaire engage les choix gouvernementaux dans la politique économique, afin de tenter d'agir sur la conjoncture et de la réguler.

■ Lorsque les mesures prises visent à soutenir la croissance, voire à la relancer (comme le prônent les keynésiens), suite à une crise ou un fort ralentissement, on parle de politique de relance dans le cadre d'une politique budgétaire expansive. Si cette politique macroéconomique contracyclique permet de garantir un niveau de demande, elle peut aussi conduire à creuser le déficit commercial, en raison d'une hausse des importations (puisque la consommation augmente). Comme elle conduit à engager plus de dépenses, alors que les recettes souffrent du manque de croissance, le déficit budgétaire s'accroît, au même titre que l'endettement public.

■ Lorsque les mesures prises visent à calmer les tensions inflationnistes et à limiter les dépenses et le déficit budgétaire (comme le prônent les néoclassiques), on parle de politique de rigueur dans le cadre d'une politique budgétaire restrictive. Cette politique macroéconomique permet de limiter la flambée des prix et de réduire la détérioration des comptes publics, mais elle a tendance à limiter les perspectives de croissance.

3 Les enjeux de la *policy mix*

■ Coordonner les politiques européennes, c'est assurer une même orientation des politiques conjoncturelles. Les pays européens ont ainsi réussi à faire converger les taux d'inflation vers le bas. Si l'échec reste flagrant en matière de chômage et de pauvreté, la *policy mix* (ou politique économique mixte), c'est-à-dire l'art de combiner de manière optimale la politique budgétaire et la politique monétaire, a commencé à donner des résultats. Elle présente certains avantages et inconvénients en fonction de son caractère plus ou moins expansif ou restrictif :

		Politique monétaire	
		expansive	**restrictive**
Politique budgétaire	**expansive**	**+ de crédits (taux d'intérêt faibles) et + de dépenses publiques** • Avantages : croissance forte, réduction du chômage • Inconvénients : accroissement du déficit budgétaire et de la dette publique, risques d'inflation	**+ de dépenses publiques mais – de crédits (taux d'intérêt élevés)** • Avantages : favorable aux politiques sociales grâce à l'augmentation des dépenses publiques, peu de pressions inflationnistes • Inconvénients : croissance modérée à cause des taux d'intérêt élevés
	restrictive	**+ de crédits (taux d'intérêt faibles) et – de dépenses publiques** • Avantages : réduction du déficit budgétaire et de la dette publique, inflation modérée • Inconvénients : croissance faible (moins de dépenses sociales)	**– de crédits (taux d'intérêt élevés) et – de dépenses publiques** • Avantages : réduction du déficit budgétaire et de la dette publique, réduction de l'inflation • Inconvénients : ralentissement de la croissance (voire contraction de la production) et augmentation du chômage

La coordination des politiques monétaire et budgétaire européennes

Fiche 32

1 La coordination des politiques européennes : une condition de l'intégration totale

Les États membres de l'Union européenne sont très hétérogènes, que ce soient en termes de niveaux de vie (PIB/habitant), d'infrastructures, d'avancées technologiques, d'attractivité, de fiscalité, d'intervention de l'État… Rien d'étonnant alors que les modes de fonctionnement, les conceptions et les votes au Parlement européens fassent l'objet de débats, voire d'oppositions.

La **coordination**, c'est une dynamique d'échanges, de discussions entre États, dans une optique de construction d'un projet commun. Il s'agit de réduire les différences et les freins, afin de garantir à terme une Europe plus homogène et plus efficace.

Le **traité de Maastricht** (1992) a imposé aux États membres des règles ayant pour objectif une meilleure coordination des politiques conjoncturelles. Il définit les **critères de convergence** du Pacte de stabilité et de croissance :

- une valeur monétaire stable ;
- un taux d'intérêt modéré ;
- un taux d'inflation inférieur à + 2,7 % ;
- un déficit public de 3 % du PIB ;
- un taux d'endettement inférieur à 60 % du PIB.

Ce traité, qui a ensuite été modifié par d'autres traités (Amsterdam en 1997, Nice en 2001 et Lisbonne en 2007), impose ainsi des contraintes strictes aux États.

2 La coordination des politiques européennes réduit les marges de manœuvre des États membres

Si les modalités d'action des États restent souples, ceux-ci doivent néanmoins respecter les principes des traités et les objectifs fixés par la Commission européenne, le Parlement et le Conseil européen (c'est-à-dire le triangle institutionnel).

C'est justement pour accélérer l'**homogénéisation** des niveaux de développement qu'ont été mis en place des fonds structurels avec le **FEDER**, qui aident particulièrement les pays moins avantagés.

Organisme-clé

Le **Fonds européen de développement régional** (**FEDER**) est l'un des fonds structurels européens. Il vise à renforcer la cohésion économique et sociale au sein de l'Union européenne en corrigeant les déséquilibres régionaux.

Vu

Cependant, les critères de convergence du Pacte de stabilité et de croissance poussent les gouvernements à mettre en place des politiques monétaires et budgétaires restrictives, limitant le potentiel de croissance, mais également à désengager l'État (privatisations, déréglementations, réforme de la fonction publique, obstacles aux politiques sociales). Ainsi, l'harmonisation a eu comme principale conséquence de réduire les marges de manœuvre des États en matière de politique conjoncturelle (budgétaire et monétaire) ou structurelle (politique sociale, politique industrielle…).

En effet, l'interdépendance des économies et des systèmes financiers oblige les États membres à être financièrement solidaires avec les plus fragiles. Mais ceux-ci doivent faire l'effort de ne pas détériorer leurs comptes publics.

3 Le défaut de coordination et les chocs asymétriques freinent l'efficacité européenne

Le traité de Maastricht a jeté les bases d'une nécessaire coordination entre pays membres mais celle-ci n'est pas facilitée par l'absence d'une présidence et d'un gouvernement supranationaux. L'Union européenne doit inventer de nouvelles logiques de gouvernance et de coopération, car celle-ci ne peut se limiter à une intergouvernementalité.

Exemples

Des chocs asymétriques peuve[nt] être créés dans un pays par [des] mouvements sociaux qui dure[nt] plusieurs mois (ralentisseme[nt] de la production) sans affec[ter] l'économie des autres pays.
Une crise sectorielle ne va p[as] affecter de la même façon d[if]férents pays, selon la nature [de] leur système productif.

La conjoncture et les chocs asymétriques ont également des effets sur la coordination entre les différentes nations. Un choc asymétrique est un événement qui impacte (le plus souvent négativement) l'offre ou la demande. Il affecte les économies de manière différenciée : certains pays entrant en récession et d'autres en expansion. Les chocs asymétriques concernent l'offre ou la demande de produits d'une branche de l'économie d'un pays, ou d'un produit de l'économie.

Ainsi, le ralentissement de la croissance économique limite logiquement l'intérêt des États membres à se fixer des contraintes supplémentaires, le manque de moyens financiers et de perspectives ne facilitant pas les choses.

Cartes RÉVIS'EXPRESS

Révisez les points clés des fiches 31 et 32

Fiche 33

Les effets et les difficultés des politiques conjoncturelles européennes

CARTE 1

En quoi consiste une politique monétaire expansive ?

↪ Fiche 31

CARTE 2

Quel est l'objectif d'une politique budgétaire restrictive ?

↪ Fiche 31

CARTE 3

Pourquoi est-il difficile pour les États de choisir entre politique conjoncturelle expansive ou restrictive ?

↪ Fiche 31

CARTE 4

Qu'est-ce que la *policy mix* ?

↪ Fiche 31

CARTE 5

Pourquoi une coordination des politiques européennes est-elle nécessaire ?

↪ Fiche 32

CARTE 6

Quels sont les critères de convergence que le traité de Maastricht a imposé aux États membres de l'Union européenne ?

↪ Fiche 32

CARTE 7

Quel est le principal obstacle à la coordination des politiques économiques européennes ?

↪ Fiche 32

CARTE 8

Pourquoi les chocs asymétriques rendent-ils plus difficile la coordination des politiques économiques européennes ?

↪ Fiche 32

Vu !

Réponses

CARTE 1

Une politique monétaire expansive consiste en une baisse des taux d'intérêt directeurs de la Banque centrale, destinée à encourager le crédit afin de stimuler la croissance et l'emploi.

CARTE 2

Une politique budgétaire restrictive a pour objectif de limiter les tensions inflationnistes et de maîtriser le déficit budgétaire.

CARTE 3

Il est difficile pour les États de choisir entre ces deux politiques car elles présentent chacune des avantages qui sont les inconvénients de l'autre.

CARTE 4

La *policy mix* désigne la politique visant à combiner de manière optimale la politique budgétaire et la politique monétaire, en fonction de la conjoncture économique.

CARTE 5

Cette coordination européenne apparaît nécessaire afin que les politiques économiques gagnent en homogénéité et donc en efficacité.

CARTE 6

Le Traité de Maastricht a imposé aux États membres d'avoir une monnaie stable, des taux d'intérêt et d'inflation modérés, un déficit public inférieur à 3 % du PIB et une dette publique inférieure à 60 % du PIB.

CARTE 7

La mise en œuvre d'une coordination des politiques économiques au sein de l'Union européenne se heurte à l'absence d'une présidence et d'un gouvernement supranationaux.

CARTE 8

Les chocs asymétriques sont des événements qui affectent les économies de manière différenciée, ce qui accroît les divergences d'intérêt et de priorité des États membres en matière économique.

La structuration et la hiérarchisation de l'espace social

Fiche 34

1 Les PCS, un critère de structuration incontournable de l'espace social

■ Les professions et catégories socioprofessionnelles (PCS) sont une nomenclature statistique créée par l'Insee qui permet de classer dans un même ensemble des professions différentes selon des critères spécifiques, tous liés au statut socioprofessionnel :

– 5 critères permettant de distinguer les 8 groupes entre eux : le statut d'activité (actif ou inactif), le statut juridique (salarié ou indépendant), le secteur d'activité, le niveau de qualification, le type de métier (manuel ou intellectuel) ;

– 3 critères permettant de distinguer des catégories à l'intérieur d'un groupe : le type d'employeur pour les salariés (État ou employeur privé), la taille de l'entreprise pour les indépendants, le type d'entreprise.

■ Les individus appartenant à une même CSP ont en commun un certain nombre de caractéristiques économiques et socioculturelles communes, entretiennent des relations sociales entre eux, ont des opinions, des pratiques sociales et des comportements relativement convergents. Les PCS constituent donc un outil permettant de décrire et de comprendre les opinions des individus, les comportements sociaux, les inégalités.

■ Le niveau de revenu, diversifié selon la PCS, a un impact fort – via le pouvoir d'achat qu'il assure – sur le niveau et le mode de consommation, c'est-à-dire sur le choix des produits et leur qualité, sur le logement, les véhicules, les loisirs, les conditions d'existence, la santé…

2 Les autres déterminants

■ La PCS n'explique pas tout et il existe d'autres facteurs à l'origine de différences et d'inégalités entre les individus et les groupes sociaux : le diplôme, le genre, la position dans le cycle de vie, le lieu de résidence, la composition du ménage…

■ Les individus accordent en effet une importance particulière à leur âge et leur appartenance à une génération. Ainsi, la position d'un individu dans le cycle de vie est un autre critère pour analyser la société.

Mots-clés

La théorie du cycle de vie, qui explique comment un agent économique choisit son niveau de consommation et son niveau d'épargne au cours de sa vie, a été développée par Franco Modigliani.

L'âge détermine à la fois les revenus de l'individu et son patrimoine. Ainsi, une personne âgée de 40 ans a davantage de chance d'occuper un CDI et d'avoir des revenus plus confortables qu'un jeune actif de 25 ans.

■ Le genre intervient également. Il est à l'origine d'inégalités (face à l'emploi, de salaires, de partage des tâches domestiques, d'accès à la vie politique…) et de différences (de goûts, d'aspirations…). Ces différences et inégalités sont liées à la socialisation différenciée.

■ Le lieu de résidence est un facteur qui accentue les inégalités puisqu'il aboutit à une concentration des groupes sociaux les plus favorisés dans les espaces les plus attractifs avec un meilleur accès à la culture, aux transports, à la santé… Ce phénomène est renforcé par des stratégies d'entre-soi résidentiel.

■ Mais au-delà de ces critères, les situations sociales sont aussi à prendre en compte. La composition du ménage (être célibataire sans enfant ou en couple avec une famille nombreuse) joue un rôle central dans le mode de vie, les relations sociales, les destins individuels.

3 L'émergence de l'homme pluriel

■ La vie moderne conduit à diversifier les activités humaines et les appartenances sociales. L'homme pluriel (du titre d'un ouvrage du sociologue Bernard Lahire) est un individu qui a plusieurs identités en raison de ses appartenances à des groupes sociaux différents et qui joue des rôles divers.

■ Les individus héritent d'une appartenance sociale, mais ils ne passent pas forcément par les mêmes chemins et ils peuvent modifier leur destin par leur trajectoire personnelle.

■ On constate une grande diversité de situations en matière de lieux de résidence, de travail, de pratiques sociales, de valeurs et de préoccupations, de relations sociales, de réseaux sociaux… L'individu moderne ne limite pas ses pratiques sociales et culturelles aux domaines traditionnellement attendus selon sa catégorie sociale (tous les cadres ne vont pas forcément au théâtre) du fait de ses appartenances sociales multiples. Il peut donc avoir des pratiques dissonantes, c'est-à-dire inattendues par rapport à sa catégorie sociale.

■ La possibilité d'avoir un répertoire d'actions et de pratiques étendu (omnivorité) concerne les individus qui ont du capital culturel et social. Pour ceux qui en sont dépourvus, les pratiques se limitent bien souvent à celles qui sont caractéristiques de leur catégorie sociale (univorité).

La structure socio-professionnelle en France depuis 1945

Fiche 35

1 La salarisation de l'emploi

■ Est salarié une personne qui travaille sous la subordination d'un employeur (public ou privé), en respectant les termes d'un contrat, en échange d'un salaire ou d'une rétribution équivalente. Le travail est réglementé avec des garanties pour l'employeur et pour le salarié (salaire, conditions de travail, protection sociale).

■ Le travailleur indépendant exerce son activité à son compte, établit ses propres conditions de travail et de rémunération, et peut organiser son travail avec plus de liberté.

■ Autrefois, les emplois tournaient autour de la vie rurale, de l'agriculture et du commerce de proximité. Autrement dit, beaucoup d'actifs étaient travailleurs indépendants. Aujourd'hui, les travailleurs indépendants sont de moins en moins nombreux et on observe une salarisation de la population active : 90 % des actifs occupés sont salariés contre 70 % environ en 1962.

Mot-clé

La **salarisation** désigne la hausse de la part des salariés dans la population active. Ce mouvement est observable dans la plupart des pays développés ou en développement.

2 Les facteurs de la salarisation de l'emploi

■ La révolution industrielle a créé le salariat. Au XXe siècle, l'évolution du marché a modifié les emplois et fait disparaître de nombreux emplois indépendants, le poids des salariés a alors augmenté. Le contexte de forte croissance des Trente Glorieuses (1945-1973) a également permis la généralisation des contrats à durée indéterminée (CDI), qui assurent une stabilité des emplois et des conditions correctes de rémunération.

■ L'emploi et sa nature salariale ou non salariale dépendent des structures productives : des secteurs ou des branches d'activité, du type d'entreprise ou d'administration... Ainsi, le déclin de l'économie agraire et du monde rural et paysan a mis fin à de nombreux emplois d'exploitants agricoles.

■ De la même façon, l'essor et le développement du commerce national, puis international, en particulier avec les supermarchés et les hypermarchés qui fournissent des biens fabriqués à grande échelle par l'industrie, ont créé une concurrence peu loyale au

Vu

petit commerce et à l'artisanat à partir des années 1960, ce qui a entraîné un déclin des travailleurs indépendants que sont les commerçants-artisans.

3 La tertiarisation de l'économie

■ L'importance relative des trois secteurs d'activité (primaire : l'agriculture, secondaire : l'industrie, tertiaire : les services) confirme ce qui a été constaté en termes de structure socioprofessionnelle : l'agriculture est devenue 7 fois moins importante en 48 ans et l'industrie a perdu la moitié de ses effectifs (en pourcentage du total). Par conséquent, le tertiaire a gagné le reste et représente 78 % des actifs occupés en 2016, soit une augmentation de 70 %.

■ En l'espace de 63 ans, les agriculteurs exploitants ont quasiment disparu : ils ne représentent plus que 2 % des actifs occupés en 2017. Les ouvriers représentent aujourd'hui un cinquième de la population active. Les artisans-commerçants sont deux fois moins nombreux. Trois PCS, regroupant des salariés travaillant majoritairement dans le secteur tertiaire, voient leur part fortement progresser : les employés, dont la part dans l'emploi a augmenté de moitié et qui sont aujourd'hui la PCS la plus nombreuse (28 % des actifs occupés environ) ; les professions intermédiaires dont la part dans l'emploi a plus que doublé ; les cadres et les professions intellectuelles supérieures, dont la part dans l'emploi a presque quadruplé.

■ La féminisation de l'emploi (très forte entre 1990 et 2016, le taux d'emploi féminin passant de 42 % à 68 %) va également de pair avec la tertiarisation de l'économie, les femmes occupant de nombreux emplois relevant du tertiaire.

■ En plus des facteurs précédemment cités, la tertiarisation de l'économie, c'est-à-dire de l'essor des activités de services, provient de la combinaison de nombreux facteurs :

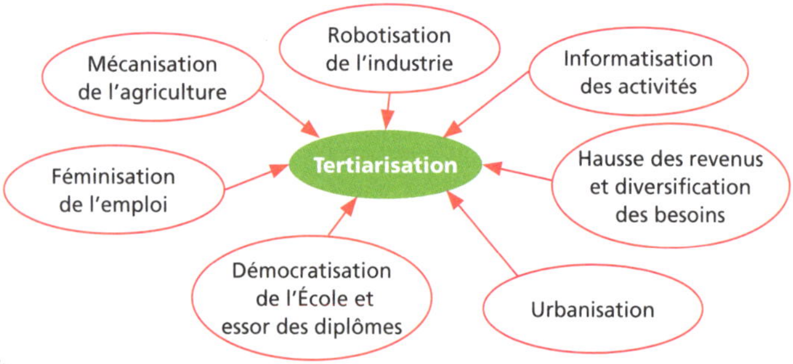

La féminisation de l'emploi

Fiche 36

1 La population active et les emplois se sont fortement féminisés depuis les années 1960

Chiffre-clé

Aujourd'hui la **part des femmes dans l'emploi** est de près de **50 %** selon l'Insee.

■ La proportion de femmes ayant un emploi (déclaré et rémunéré) n'a cessé de croître depuis 1962, avec des moments d'accélération.

■ En effet, leur proportion dans la population active a augmenté de 14,7 points, soit + 44,01 % en 53 ans, ce qui correspond à 7,1 millions de femmes en plus depuis 1954.

■ L'augmentation a été plus rapide entre 1975 et 1982 avec + 3,2 millions d'actifs, alors que la proportion des hommes n'a augmenté que de 400 000 dans le même temps.

■ La loi de 1965 autorisant les femmes à exercer une activité professionnelle et à ouvrir un compte bancaire sans l'autorisation de leur mari, et la légalisation et la commercialisation de la pilule ont certainement joué un rôle décisif en permettant aux femmes de s'émanciper.

■ En observant le taux d'emploi des femmes selon l'âge, on remarque que ce sont surtout les 25-49 ans qui ont connu la plus forte progression entre 1988 et 2000.

2 Un niveau de qualification en hausse

■ La démocratisation et la massification de l'École (suite notamment à la réforme du Collège unique en 1974), le besoin de la société en femmes et l'émancipation féminine (avec la légalisation de l'avortement et de la contraception) ont conduit de nombreuses générations de femmes à passer des diplômes, à faire des études longues et à occuper des postes jusque-là réservés aux hommes. Ce faisant, leur rapport à l'emploi s'est modifié : avoir de l'ambition, accéder à des postes de pouvoir… autant de choses devenues possibles.

■ L'accession à des emplois non manuels pour les nouvelles générations, la tertiarisation de l'économie, la démocratisation de l'institution scolaire et la massification de l'enseignement supérieur ont ainsi facilité la féminisation de l'emploi.

Vu !

Par ailleurs, les femmes font des études supérieures plus longues que les hommes. Leur qualification (qui dépend de leur formation et des diplômes, mais aussi de l'expérience acquise) s'est ainsi nettement améliorée ces dernières décennies.

3 L'emploi des femmes est marqué par de fortes inégalités

Les inégalités entre hommes et femmes sont importantes en France. Même si plus aucun métier n'est interdit aux femmes (depuis 2002 pour les pompiers de Paris), de nombreuses femmes sont victimes de discriminations que ce soit à l'embauche, face au chômage, concernant les revenus, les responsabilités qui leur sont confiées dans l'entreprise et les évolutions de carrière…

De façon générale, tous emplois confondus, parmi les 10 % des salariés les plus démunis, les femmes ont en moyenne un salaire mensuel 100 euros inférieur à celui des hommes. On constate aussi que plus le salaire est important, plus l'écart se creuse entre les hommes et les femmes. De la même manière, lorsqu'on étudie les professions et catégories socioprofessionnelles (PCS), on observe un écart de l'ordre de 250 euros par mois entre un ouvrier et une ouvrière, et de 1 000 euros entre un homme cadre et une femme cadre.

Dates-clés

1983 : la **loi Roudy** sur l lité professionnelle entre hommes et les femmes réaf le principe de l'égalité dans le champ professionnel (rec ment, rémunération, prom ou formation).

2001 : la **loi Génisson** encou la mise en œuvre de mesur rattrapage pour remédier inégalités professionnelles e une obligation de négocie l'égalité professionnelle au n de l'entreprise et des branch

Les femmes occupent souvent des emplois peu qualifiés, donc des postes précaires et mal rémunérés, et connaissent davantage de temps partiel subi. Les emplois peu qualifiés du secteur des services (assistante maternelle, aide-soignante, employée de maison…) et les emplois à temps partiel sont en effet très majoritairement féminins. À l'inverse, les femmes sont sous-représentées dans les emplois à haut niveau de responsabilité.

Cartes RÉVIS'EXPRESS

Révisez les points clés des fiches 34 à 36

Fiche 37

La structuration de l'espace social et l'évolution de la structure socioprofessionnelle depuis la seconde moitié du XXe siècle

CARTE 1

Quelles sont les catégories socioprofessionnelles ?

→ Fiche 34

CARTE 2

Quel facteur de structuration de l'espace social est mis en évidence dans la théorie du cycle de vie ?

→ Fiche 34

CARTE 3

En quoi le genre est-il un facteur de hiérarchisation de l'espace social ?

→ Fiche 34

CARTE 4

Qu'est-ce qu'un salarié ?

→ Fiche 35

CARTE 5

Quels sont les facteurs de la salarisation de l'emploi ?

→ Fiche 35

CARTE 6

Quelles catégories socioprofessionnelles ont vu leur part dans l'emploi augmenter avec la tertiarisation ?

→ Fiche 35

CARTE 7

Quels facteurs ont favorisé l'entrée massive des femmes sur le marché du travail ?

→ Fiche 36

CARTE 8

Quelles sont les manifestations des inégalités hommes/femmes dans le domaine de l'emploi ?

→ Fiche 36

Vu !

Réponses

CARTE 1

Les catégories socioprofessionnelles sont des groupes statistiques constitués par l'Insee, selon différents critères liés au statut socioprofessionnel.

CARTE 2

La théorie du cycle de vie montre comment l'âge détermine le niveau des revenus et donc les choix de consommation et d'épargne des individus.

CARTE 3

Le genre est à l'origine de nombreuses inégalités créant des avantages en faveur des hommes, ce qui contribue à hiérarchiser l'espace social.

CARTE 4

Un salarié est une personne qui travaille sous la subordination d'un employeur, en respectant les termes d'un contrat, en échange d'un salaire.

CARTE 5

La salarisation de l'emploi s'explique par le déclin des travailleurs indépendants, qu'il s'agisse des agriculteurs exploitants ou des artisans-commerçants.

CARTE 6

Les employés, les professions intermédiaires, les cadres et les professions intellectuelles supérieures ont vu leur part dans l'emploi augmenter avec la tertiarisation.

CARTE 7

L'entrée massive des femmes sur le marché du travail a été favorisée par la loi de 1965, qui leur permet d'exercer une activité professionnelle sans l'autorisation de leur mari, et par la légalisation de la pilule.

CARTE 8

Dans le domaine de l'emploi, on observe que les femmes occupent plus souvent que les hommes les emplois à temps partiel peu qualifiés et moins bien rémunérés.

L'approche théorique des classes sociales

Fiche 38

1 Marx et Weber : l'approche réaliste contre l'approche nominaliste

■ Selon **Karl Marx**, les classes sociales sont des **rapports sociaux de production** propres au système capitaliste. Ce système est animé par la propriété privée des moyens de production (terrain, usine, banque) qui rend l'exploitation des travailleurs par la bourgeoisie légitime, les travailleurs n'ayant que leur force de travail pour survivre (les **prolétaires**).

■ La **conscience de classe**, c'est-à-dire le sentiment objectif (la classe « en soi » par rapport à la propriété des outils d'exploitation) ou subjectif (la classe « pour soi », avec des intérêts propres) d'appartenir à une classe, est le stimulateur des luttes. Face à l'exploitation et à l'aliénation, les classes populaires ne peuvent que contester et s'émanciper en faisant la révolution, mettant fin aux classes sociales. Les intérêts entre classes sont bien antagonistes et il ne peut y avoir que des conflits : c'est la **lutte des classes**.

■ La démarche de **Max Weber** est très différente. Pour lui, la classe sociale est plus un **outil d'analyse** qu'une réalité tangible. Elle marque la hiérarchie de l'ordre économique et se distingue du parti politique (ordre politique) et de l'ordre social (groupes de statut auxquels sont associés des styles de vie, des modes de vie).

Auteurs-clés

Karl Marx (1818-1883) estimait que le capitalisme – avec son salariat – était un progrès de l'histoire, malgré ses classes sociales, après l'Antiquité qui imposait l'esclavage et le Moyen Âge qui imposait le servage.

Max Weber (1864-1920) est considéré comme l'un des pères fondateurs de la sociologie. Pour lui, les classes sociales ne sont qu'un des éléments permettant de décrire la stratification sociale, qui est multidimensionnelle.

2 Les classes sociales sont perçues différemment selon les sociologues

■ Chez **Pierre Bourdieu**, la société est hiérarchisée en classes sociales qui sont définies par le volume de capital économique (revenus et patrimoine) et de capital culturel (ressources culturelles) qu'elles possèdent. Les individus d'une même classe partagent le même **habitus** : ils ont en commun un certain nombre de dispositions qui vont orienter leurs goûts, leurs opinions, leurs aspirations, leurs pratiques sociales, leurs comportements… Entre ces classes sociales existent des **rapports de domination** : les classes

Vu !

supérieures exercent une domination économique, culturelle, sociale et symbolique sur les autres classes. Les classes dominantes définissent la culture qui est légitime : la leur.

■ William Lloyd Warner propose pour les États-Unis une représentation en trois classes distinctes de deux niveaux chacune, définies par le prestige et le standing. On obtient une forme de losange ou de diamant avec : une classe supérieure-supérieure (grands patrons), supérieure-inférieure (grands avocats), moyenne-supérieure (cadres supérieurs), moyenne-inférieure (commerçants), inférieure-supérieure (ouvriers blancs), inférieure-inférieure (ouvriers noirs ou hispaniques).

■ Henri Mendras préfère partir des revenus et illustrer la stratification sous forme de goutte d'eau ou de toupie : en bas, on trouve les pauvres (autour de 10 % de la population totale), puis une vaste constellation populaire (40 %), une classe moyenne (25 %) et des indépendants (20 %), et tout en haut l'élite économique (5 %). Les frontières y sont floues et la mobilité sociale permet de changer de catégorie.

3 L'existence de classes sociales fait débat

■ D'un côté, on peut considérer que les classes sociales ont, dans une certaine mesure, disparu puisque les distances inter-classes, qu'elles soient économiques ou culturelles, se sont réduites depuis les années 1960, sous l'effet de la moyennisation de la société française.

■ Par ailleurs, il n'y a plus réellement de conscience de classe au sens marxiste du terme : le sentiment subjectif d'appartenance à une classe sociale tend à diminuer puisque seules deux personnes sur trois s'identifient à une classe et, parmi elles, les deux tiers s'identifient aux classes moyennes. Or les classes moyennes ne sont pas des classes sociales au sens marxiste du terme car elles ont peu de caractéristiques économiques et sociales qui leur sont propres.

■ Enfin, on observe un accroissement des distances intra-classes lié à la multiplicité des critères de hiérarchisation et de différenciation sociale. Ainsi, les rapports sociaux de genre, l'âge, l'appartenance religieuse… sont autant de facteurs créant des différences et des inégalités qui dépassent les clivages de classes.

■ D'un autre côté, certains sociologues, comme Louis Chauvel, considèrent que l'on assiste depuis les années 1980 à un retour des classes sociales. L'accroissement des inégalités économiques et le maintien de pratiques culturelles spécifiques à certains groupes sociaux montrent que les distances inter-classes persistent, voire s'accroissent. Quant au recul du sentiment subjectif d'identification à une classe sociale, il ne concerne pas toutes les classes sociales.

Cartes RÉVIS'EXPRESS

Révisez les points clés de la fiche 38

Fiche 39

Les approches théoriques des classes sociales

CARTE 1

Qu'est-ce qui distingue le prolétariat de la bourgeoisie dans l'analyse marxiste des classes sociales ?

→ Fiche 38

CARTE 2

Qu'est-ce que la conscience de classe selon Karl Marx ?

→ Fiche 38

CARTE 3

Pourquoi peut-on qualifier de nominaliste l'analyse des classes sociales de Weber ?

→ Fiche 38

CARTE 4

Quels rapports les classes sociales entretiennent-elles dans l'analyse de Bourdieu ?

→ Fiche 38

CARTE 5

Comment les distances inter-classes ont-elles évolué depuis les années 1960 ?

→ Fiche 38

CARTE 6

Pourquoi ne peut-on pas parler de « conscience de classe », au sens marxiste du terme, à propos du sentiment d'appartenance aux classes moyennes ?

→ Fiche 38

CARTE 7

Comment expliquer l'accroissement des distances intra-classes ?

→ Fiche 38

CARTE 8

Pourquoi Louis Chauvel parle-t-il d'un retour des classes sociales depuis les années 1980 ?

→ Fiche 38

Vu !

Réponses

CARTE 1

Marx définit les classes sociales par leur place dans les rapports de production : le prolétariat vend sa force de travail à la bourgeoisie, qui détient les moyens de production.

CARTE 2

C'est le sentiment subjectif d'appartenance à une classe, qui se développe du fait de l'antagonisme des intérêts des classes entrant en lutte.

CARTE 3

L'analyse de Weber peut être qualifiée de nominaliste car, pour lui, les classes sont des noms donnés par le sociologue qui les analyse. Elles ne sont pas une réalité tangible.

CARTE 4

Dans l'analyse de Bourdieu, les classes sociales sont liées par des rapports de domination : les classes supérieures exercent une domination économique et culturelle sur les autres classes.

CARTE 5

Les distances inter-classes, c'est-à-dire les inégalités économiques et culturelles, se sont réduites depuis les années 1960, sous l'effet de la moyennisation de la société française.

CARTE 6

Les classes moyennes ne sont pas des classes sociales au sens marxiste du terme car elles ont peu de caractéristiques économiques et sociales qui leur sont propres.

CARTE 7

Les critères de différenciation et de hiérarchisation sociale comme l'âge ou le genre gagnent en importance, ce qui accroît les distances intra-classes.

CARTE 8

Selon Louis Chauvel, le retour des classes sociales depuis les années 1980 serait lié à l'accroissement des inégalités économiques et au maintien de certaines pratiques culturelles spécifiques.

L'École : massification et démocratisation

Fiche 40

1 L'École porte un idéal d'égalité des chances de réussite

■ Les enfants qui entrent en école maternelle appartiennent à des milieux sociaux différents. Au début du CP, ceux qui sont issus des catégories favorisées détiennent 2 500 mots de langage courant, contre 500 en moyenne pour les enfants des milieux les moins bien lotis. Or les carences en vocabulaire vont constituer un lourd handicap culturel, obstacle à la réussite, à l'enrichissement intellectuel et scolaire, à l'ouverture d'esprit.

■ L'égalité des chances comme principe de l'École républicaine signifie que chaque enfant apprenant a droit aux mêmes conditions de départ pour acquérir l'instruction de base et des diplômes, quels que soient ses origines sociales ou ethniques, son sexe, les moyens financiers de ses parents…

■ Lieu central de la socialisation primaire – aux côtés de la famille –, l'École est un facteur d'intégration sociale, en faisant partager des valeurs et des normes, des règles sociales, une culture commune, des expériences humaines, tout en révélant des spécificités, des aptitudes personnelles, des dons individuels.

2 Depuis les années 1950, l'École est marquée par une massification

■ Depuis les années 1950, on assiste à l'augmentation du nombre d'enfants accédant à l'école primaire, puis secondaire et à l'enseignement supérieur : on parle de **massification** de l'enseignement.

■ Cette massification résulte, d'une part, de l'explosion démographique du baby-boom et, d'autre part, des réformes de l'Éducation nationale, en particulier celles instituant la scolarité obligatoire jusqu'à 16 ans (1967), le collège unique (1975), l'objectif de 80 % d'une classe d'âge avec le Bac (1986).

Mot-clé

Massification : processus quantitatif par lequel les études secondaires et supérieures deviennent accessibles à tous les jeunes, quelle que soit leur origine sociale. La massification se mesure grâce au taux de scolarisation, au nombre d'étudiants, à la part de bacheliers par génération.

■ L'institution devient alors un lieu de brassage social, accueillant aussi bien les filles que les garçons, les enfants de catégories sociales aisées que les catégories modestes.

■ Phénomène plus vaste que celui de la massification, la **démocratisation** de l'École correspond à une transformation de l'institution scolaire, à un accès plus facile aux savoirs et aux diplômes, à l'élargissement social de l'accès aux formations et à une réduction des écarts sociaux.

Mot-clé

Démocratisation : proces qualitatif par lequel to les filières et les diplôme l'enseignement secondair supérieur deviennent ac sibles à tous les jeunes, qu que soit leur origine socia

■ Les réformes successives ont tenté d'accentuer le phénomène de démocratisation en créant des bacs technologiques et professionnels, en ouvrant les filières et les études supérieures courtes (BTS, IUT), et en gonflant les rangs des universités et des grandes écoles.

3 L'École réussit-elle à transformer les destins sociaux ?

■ Plusieurs indicateurs permettent d'évaluer la démocratisation de l'École dont le taux de scolarisation, c'est-à-dire le rapport entre le nombre d'élèves d'une classe d'âge inscrits dans un établissement d'enseignement et le nombre total de jeunes de cette classe d'âge. Aujourd'hui, le taux de scolarisation est de presque 100 % au collège. Il avoisine les 70 % en classe de terminale, alors qu'il n'était que de 10 % dans les années 1950 et de 30 % dans les années 1970, ce qui atteste de la massification de l'enseignement secondaire.

■ Cela entraîne logiquement une hausse du niveau d'instruction des nouvelles générations par rapport à leurs aînés, que l'accès à l'enseignement supérieur va renforcer. La durée des études elle-même s´est accrue.

■ Les mesures de discrimination positive, qui donnent plus de moyens aux établissements scolaires situés dans des zones socialement défavorisées, facilitent également la réussite et l'intégration sociale des jeunes.

■ Cependant, la démocratisation de l'institution scolaire est plus qu'incomplète : tous les élèves ne sortent pas de l'enseignement avec un diplôme et on observe l'existence de filières ou de spécialisations différenciées selon le genre et selon la profession et catégorie socioprofessionnelle (PCS) des parents.

Chiffres-clés

60 % des enfants d'ouvr non qualifiés n'ont pas diplômes contre 13 % p les enfants de cadres et chefs d'entreprise.

Les inégalités des trajectoires individuelles de formation

Fiche 41

1 L'École valorise l'investissement personnel et familial

■ « Celui qui veut peut » : cette maxime signifie que la réussite est supposée être le résultat de l'implication personnelle de l'élève qui se donne les moyens d'obtenir des diplômes par le travail et l'effort. Les bases de la méritocratie (réussite liée au mérite personnel) sont jetées. En permettant aux enfants des catégories modestes d'améliorer leur niveau d'instruction et d'obtenir des diplômes plus élevés que ceux de leurs parents, l'École peut permettre d'assurer une mobilité sociale ascendante (meilleur statut social que celui des parents).

■ Comme le montre Raymond Boudon, les inégalités de parcours scolaires selon le milieu social d'origine s'expliquent essentiellement par l'investissement, les choix et les stratégies individuelles. À chaque moment décisif de l'orientation scolaire, l'élève et sa famille comparent les avantages et les coûts de la poursuite d'études. Or, pour les enfants d'origine sociale modeste, les coûts engendrés par la poursuite d'études sont perçus comme importants tandis que les avantages sont sous-estimés, ce qui explique le fait qu'ils fassent des études plus courtes que les enfants d'origine sociale favorisée. Les inégalités scolaires résultent donc de différences d'ambitions et de décisions individuelles.

■ Selon Boudon, il est donc individuellement rationnel, pour un grand nombre de jeunes, de poursuivre des études. Mais l'agrégation de ces choix individuels entraîne un effet pervers, le paradoxe d'Anderson : comme le nombre de diplômés augmente plus vite que le nombre d'emplois qualifiés ou très qualifiés, cela crée un phénomène d'inflation des diplômes et donc de dévalorisation de ces derniers. Par conséquent, certains jeunes, pourtant plus diplômés que leurs parents, n'occupent pas une position sociale plus élevée et peuvent même connaître le déclassement.

2 Les inégalités restent importantes à l'École, d'où la diversité des destins individuels

■ Malgré la démocratisation scolaire, beaucoup de salariés appartiennent à la même profession et catégorie socioprofessionnelle (PCS) que leur père. Pierre Bourdieu parle de reproduction sociale. La mobilité de proximité (entre

Auteur-clé

Le sociologue Pierre Bourdieu (1934-2002) analyse les mécanismes de reproduction des hiérarchies sociales et montre les échecs de la démocratisation de l'école.

Vu

employés et ouvriers, par exemple) renforce l'immobilité sociale : les conditions d'embauche, les modes de vie, les qualifications sont proches.

■ L'École contribue également à la socialisation différentielle : même si ce n'est pas forcément conscient chez les enseignants, les filles et les garçons ne sont pas systématiquement traités de la même manière et les attentes peuvent être différentes (prise de parole, rôle dans la classe…).

■ La socialisation différentielle explique en partie le paradoxe suivant : alors que les filles réussissent mieux que les garçons à l'école et font plus souvent le choix d'études longues, elles restent sous-représentées dans les formations les plus prestigieuses (classes préparatoires scientifiques, écoles d'ingénieurs par exemple).

3 L'École renforce en partie le cumul des inégalités

■ De nombreux processus inégalitaires se cumulent et s'autoentretiennent. La reproduction sociale est assurée par l'École, via l'échec scolaire, l'orientation, les stratégies individuelles et familiales différentes, les aides et le soutien scolaire pour certains élèves, le lien entre la ségrégation sociale, scolaire et spatiale, le manque d'ambition personnelle et l'autocensure, la stigmatisation (des établissements, des formations, de catégories de jeunes). Ainsi, on assiste à un cumul des inégalités : les enfants issus des catégories privilégiées cumulent les avantages, alors que les enfants issus des catégories populaires cumulent les handicaps.

■ Les origines sociales influencent ainsi grandement, comme l'a montré Pierre Bourdieu, les parcours sociaux des individus. L'enfant hérite d'un **habitus de classe** et d'un capital global qui ont des répercussions sur la scolarité. En effet, les parents entrepreneurs, artisans, commerçants ou qui exercent des professions libérales transmettent un capital économique plus important à leurs enfants que les parents ouvriers.

> **Mots-clés**
>
> Pierre Bourdieu estime que individus héritent d'un **habitus classe**. C'est-à-dire que les vale les goûts, les principes, les c et les styles de vie propres à classe agissent sur les compo ments et les destins.

■ Le capital social n'est pas le même non plus : les fréquentations et l'accès aux réseaux sociaux sont différents et n'offrent pas à tous les mêmes chances d'être intégré.

■ Quant au capital culturel, il est central selon Bourdieu. Ce qu'il définit comme l'ensemble des produits culturels, des titres scolaires, des capacités intellectuelles (par exemple, les capacités d'abstraction et l'ouverture d'esprit) est inégal, ce qui explique grandement la reproduction sociale.

Cartes RÉVIS'EXPRESS

Révisez les points clés des fiches 40 et 41

Fiche 42

Le rôle de l'École dans les destins sociaux et les facteurs des inégalités de réussite scolaire

CARTE 1

Qu'est-ce que le principe d'égalité des chances ?

↪ Fiche 40

CARTE 2

Comment définir le processus de massification scolaire ?

↪ Fiche 40

CARTE 3

Comment calcule-t-on le taux de scolarisation ?

↪ Fiche 40

CARTE 4

Pourquoi peut-on dire que la démocratisation scolaire est inachevée ?

↪ Fiche 40

CARTE 5

Comment Boudon explique-t-il les inégalités de réussite scolaire selon l'origine sociale ?

↪ Fiche 41

CARTE 6

Qu'est-ce que le paradoxe d'Anderson ?

↪ Fiche 41

CARTE 7

Quel est le facteur explicatif des inégalités scolaires entre filles et garçons ?

↪ Fiche 41

CARTE 8

Quel capital est principalement à l'origine des inégalités scolaires selon Bourdieu ?

↪ Fiche 41

Vu

Réponses

CARTE 1

L'égalité des chances est un principe républicain selon lequel tous les élèves disposent des mêmes conditions d'instruction, et donc des mêmes chances d'accès aux diplômes, indépendamment de leur origine sociale.

CARTE 2

La massification scolaire est un processus quantitatif par lequel les études secondaires et supérieures deviennent accessibles à un nombre croissant de jeunes, quelle que soit leur origine sociale.

CARTE 3

Le taux de scolarisation mesure le rapport entre le nombre d'élèves scolarisés dans une classe d'âge donnée et le nombre total de jeunes de cette classe d'âge.

CARTE 4

La démocratisation scolaire est inachevée puisqu'il existe de nombreuses inégalités d'accès aux filières et aux diplômes selon l'origine sociale et selon le genre des individus.

CARTE 5

Boudon explique les inégalités scolaires par des stratégies d'orientation différenciées selon le milieu social. Celles-ci sont liées à une inégale perception des coûts et des avantages de la poursuite d'études.

CARTE 6

Le paradoxe d'Anderson montre que des jeunes, pourtant plus diplômés que leurs parents, n'occupent pas nécessairement une position sociale plus élevée qu'eux.

CARTE 7

La socialisation différentielle selon le genre explique le paradoxe de la meilleure réussite globale des filles à l'école et leur sous-représentation au sein des filières les plus prestigieuses.

CARTE 8

D'après Bourdieu, ce sont les inégalités de capital culturel entre les familles, selon leur milieu social, qui expliquent en grande partie les inégalités scolaires.

La mobilité sociale

Fiche 43

1 La mobilité sociale est une forme de mobilité particulière

■ Il ne faut pas confondre mobilité sociale (changement de PCS), mobilité géographique (déplacement professionnel dans l'espace géographique) et mobilité professionnelle (qui comprend, outre la mobilité sociale, l'éventuel changement d'entreprise, d'atelier, de poste de travail…).

■ La profession et catégorie socioprofessionnelle (PCS) est un critère incontournable de distinction sociale, d'autant plus que le travail fournit une fonction, une place, une identité qui aident l'individu à se sentir intégré à la société. L'étude des PCS permet d'identifier la structure productive de la nation, le poids respectif des différentes catégories dans la population active totale. Leur évolution dans le temps permet de constater dans quel sens évoluent l'économie, la population active, les secteurs d'activité, voire les classes sociales.

■ Le degré de mobilité sociale donne une indication de l'évolution des inégalités, en particulier à partir des chiffres de l'immobilité et de la fluidité sociales. Le caractère ascendant ou descendant de la mobilité sociale permet de repérer si les individus améliorent leur situation sociale ou s'ils se retrouvent avec un statut inférieur.

2 Différentes trajectoires de mobilité intergénérationnelle

■ En accédant à un statut plus élevé, l'individu peut connaître une mobilité ascendante, par exemple en passant d'ouvrier à profession intermédiaire ou de profession intermédiaire à cadre. Grâce à l'expérience professionnelle et à la formation continue, beaucoup d'actifs, mus par le désir d'obtenir de meilleures conditions de travail et de rémunération, espèrent une ascension professionnelle, synonyme de réussite sociale.

Zoom

En 2014, 20 % des fils d'ouvriers étaient professions intermédiaires et 24 % des fils de professions intermédiaires étaient cadres ou professions intellectuelles supérieures.

■ S'il est difficile de hiérarchiser les PCS d'indépendants entre elles (agriculteurs exploitants, artisans, commerçants et chefs d'entreprise), c'est plus facile avec les PCS de salariés. Ainsi, il est

Vu

socialement plus prestigieux d'appartenir au groupe des cadres et professions intellectuelles supérieures qu'à ceux des professions intermédiaires, des employés ou des ouvriers.

■ Les parents sont souvent soucieux que leurs enfants fassent aussi bien, voire mieux qu'eux. L'École est alors investie d'une mission particulière : favoriser la mobilité ascendante, pour que le statut social atteint par leurs enfants soit supérieur au leur. Une attention particulière est alors portée aux diplômes et au choix des études supérieures.

3 L'immobilité sociale : le reflet d'inégalités

■ L'immobilité sociale confirme l'existence d'une reproduction sociale forte. L'immobilité la plus mesurée, en comparant les fils et leur père, concerne les agriculteurs, les cadres et les ouvriers. En matière d'origine, on constate que 72 % des agriculteurs exploitants ont un père qu'il l'est également et 58 % des ouvriers ont un père ouvrier.

■ En matière de destinée, on constate que 41 % des fils de cadres et professions intellectuelles supérieures le deviennent, comme 34 % des fils d'employés deviennent employés, et 32 % des fils d'ouvriers et de professions intermédiaires.

■ En termes de genre, la mobilité des hommes est restée stable sur 40 ans, tournant autour de 65 % de changement de PCS par rapport à leur père. 28 % ont connu une mobilité ascendante et 15 % une mobilité descendante.

■ La mobilité sociale féminine est plus forte que la mobilité sociale masculine sauf dans la catégorie des employés, où la reproduction sociale est plus forte chez les hommes. Si les femmes sont plus mobiles que les hommes, elles connaissent moins souvent que les hommes la mobilité ascendante et connaissent plus souvent qu'eux la mobilité descendante (une fille de cadre qui devient profession intermédiaire) ou la mobilité horizontale (une fille d'ouvrier qui devient employée).

■ Par ailleurs, on constate une dégradation des conditions d'obtention des postes de travail, ce qui accentue le poids de la mobilité descendante. Ainsi, le paradoxe d'Anderson montre qu'il faut plus de diplômes que ses parents pour obtenir le même statut qu'eux. Cela peut même conduire à un déclassement, le salarié se résignant à occuper un emploi au statut inférieur à celui auquel il pourrait prétendre grâce à ses diplômes.

Zoom

Le déclassement scola
(ou surqualification) p
s'expliquer par une élé
tion du niveau d'exige
des employeurs alors
de nombreux candid
à l'embauche posséd
des diplômes (effet p
vers de la massificat
de l'École).

La construction et la lecture des tables de mobilité sociale

Fiche 44

1 Deux types de tables pour mesurer la mobilité sociale

■ La mobilité sociale rend compte des mouvements qui animent la société en étudiant le changement de position sociale des individus. Il peut s'agir d'une évolution :

– au cours de la vie d'un individu : c'est la mobilité intragénérationnelle ;

– entre deux générations successives (de père en fils) : c'est la mobilité intergénérationnelle.

■ La mobilité intergénérationnelle fait l'objet de tables (ou tableaux) d'origine et de tables de destinée :

– la table d'origine / de recrutement précise d'où viennent les générations d'individus : on part d'une PCS connue (celles des fils) et on cherche celle des pères ;

– la table de destinée précise le devenir d'une génération d'individus en fonction de la PCS de leur père : on part de la PCS des pères et on cherche celle des fils.

2 La lecture des tables d'origine / de recrutement

■ La table d'origine / de recrutement permet de répondre aux questions suivantes : quelle est l'origine sociale de 100 hommes appartenant à une PCS donnée ? À quelle PCS appartenait leur père ? On part donc de la PCS des hommes interrogés et on s'intéresse à ce que faisait leur père. Par exemple, en 2014, 72 % des agriculteurs ont un père agriculteur et 10 % ont un père ouvrier.

Table de mobilité (origines) : origine de l'enquêté-e selon sa catégorie socioprofessionnelle actuelle d'appartenance (en %)

PCS de l'enquêté-e / PCS du père	Agriculteurs	Artisans, commerçants, chefs d'entreprise	Cadres et professions intellectuelles supérieures	Professions intermédiaires	Employés	Ouvriers	Ensemble
Agriculteurs	72	8	5	7	8	10	9
Artisans, commerçants, chefs d'entreprise	5	27	15	13	12	10	13
Cadres et professions intellectuelles supérieures	4	12	30	15	8	4	13
Professions intermédiaires	3	12	21	20	12	9	14
Employés	3	8	9	11	12	9	10
Ouvriers	13	33	19	34	48	58	41
Total	100	100	100	100	100	100	100

↑ sens de lecture

Source : Enquêtes Emploi 2010-2014 (Insee). Champ : actifs nés entre 1955 et 1979.

Vu !

■ Dans les tables d'origine / de recrutement, les chiffres de la diagonale renseignent plus précisément sur le degré d'autorecrutement de chaque PCS. Plus le chiffre est élevé, plus l'autorecrutement est fort et le recrutement est donc peu ouvert aux enfants d'autres PCS. C'est notamment le cas des PCS en déclin numérique (agriculteurs et ouvriers principalement). Plus le chiffre de la diagonale est faible, plus l'autorecrutement est faible et le recrutement est donc ouvert aux enfants d'autres PCS. C'est le cas des PCS en expansion numérique (professions intermédiaires et employés notamment).

3 La lecture des tables de destinée

■ Les tables de destinée renseignent sur ce que sont devenus 100 fils/filles issus d'un groupe socioprofessionnel donné. On connaît la PCS du père des hommes/femmes interrogés et on s'interroge sur ce que sont devenus leurs fils/filles. Par exemple, en 2014, 17 % des fils d'agriculteurs sont devenus agriculteurs et 25 % sont devenus ouvriers.

Table de mobilité (destinées) : catégorie socioprofessionnelle de l'enquêté-e selon celle de son père (en %)

PCS de l'enquêté-e / PCS du père	Agriculteurs	Artisans, commerçants, chefs d'entreprise	Cadres et professions intellectuelles supérieures	Professions intermédiaires	Employés	Ouvriers	Ensemble
Agriculteurs	17	6	10	17	25	25	100
Artisans, commerçants, chefs d'entreprise	1	14	19	24	26	16	100
Cadres et professions intellectuelles supérieures	1	7	41	28	17	7	100
Professions intermédiaires	0	6	24	32	24	13	100
Employés	1	5	15	26	34	19	100
Ouvriers	1	6	8	20	34	32	100
Total	2	7	17	24	28	22	100

Source : Enquêtes Emploi 2010-2014 (Insee). Champ : actifs nés entre 1955 et 1979.

sens de lecture

■ Pour trouver facilement qui est le plus mobile et qui a donc le destin social le plus ouvert, on identifie le chiffre de la diagonale (immobilité) qui est le plus faible et le(s) chiffre(s) le(s) plus important(s) de la colonne. En matière de destinée, on constate que la catégorie la plus mobile est celle des artisans, commerçants, chefs d'entreprise : 26 % des fils deviennent employés et 24 % professions intermédiaires. C'est aussi le cas des employés, puisque 15 % des fils d'employés deviennent cadres et professions intellectuelles supérieures et 26 % deviennent professions intermédiaires.

Les déterminants de la mobilité sociale

Fiche 45

1 Une partie de la mobilité sociale est due aux évolutions de la structure socioprofessionnelle

■ La probabilité de changer ou non de PCS dépend de l'évolution de la structure socioprofessionnelle, autrement dit de la structure des emplois : on parle alors de mobilité structurelle. Ainsi, certaines PCS voient leur part dans la population active occupée diminuer entre deux générations. Par conséquent, les enfants originaires de ces PCS vont mécaniquement changer de PCS, faute de places offertes au sein de leur PCS d'origine.

Exemple

En 2014, 9 % des hommes avaient un père agriculteur mais seulement 2 % étaient eux-mêmes agriculteurs (voir fiche 44). Ainsi, une partie des fils d'agriculteurs a dû changer de PCS car le nombre d'emplois d'agriculteurs a diminué : il s'agit bien d'une mobilité structurelle.

■ La mobilité structurelle ne nous renseigne pas sur le degré d'égalité des chances au sein d'une société. Il est nécessaire de mesurer la fluidité sociale, c'est-à-dire la mobilité sociale qui ne résulte pas des transformations de la structure socioprofessionnelle. La fluidité sociale se calcule à l'aide des *odds ratios* (ou rapports de chances relatifs) : ce sont les chances respectives des fils issus de deux catégories sociales différentes d'atteindre une position sociale donnée.

■ Par exemple, on dira qu'un fils de cadre a *x* fois plus de chances qu'un fils d'ouvrier de devenir cadre plutôt qu'ouvrier. Si l'égalité des chances était parfaite dans la société française, les *odds ratios* seraient tous égaux à 1 : chaque individu aurait les mêmes chances d'accéder à une position sociale donnée, indépendamment de son origine sociale, et la société serait parfaitement fluide.

2 L'impact du niveau de formation sur la mobilité sociale

■ Le niveau de formation joue un rôle positif sur la mobilité sociale ascendante. On constate ainsi une corrélation positive entre le niveau d'études et la position sociale : plus un individu est diplômé et plus ses chances d'accéder à des PCS regroupant des emplois qualifiés (cadres et professions intermédiaires) sont importantes. L'École, par le biais des diplômes qu'elle délivre, joue donc le rôle d'ascenseur social. C'est d'ailleurs la raison pour laquelle l'État a mis en œuvre des politiques éducatives

Vu !

volontaristes dès les années 1960, visant à élargir l'accès aux études secondaires, puis supérieures.

■ La massification scolaire qui en a résulté a cependant eu des effets pervers : comme le nombre de diplômés a augmenté plus rapidement que le nombre d'emplois qualifiés ou très qualifiés (cadres et professions intellectuelles supérieures), une partie des jeunes, pourtant plus diplômés que leurs parents, ne parviennent pas à obtenir une position sociale plus élevée et certains connaissent même le déclassement (donc une mobilité sociale descendante) : c'est ce que montre le paradoxe d'Anderson.

■ Enfin, même à niveau de diplôme égal, les chances d'accès à une position sociale (et donc les possibilités de mobilité sociale) dépendent de l'origine sociale. Il existe en effet un inégal rendement social des diplômes : les jeunes issus de milieux favorisés parviennent à mieux valoriser leurs titres scolaires sur le marché du travail, notamment parce qu'ils peuvent faire jouer le réseau relationnel de leurs parents (ce que Pierre Bourdieu appelle le capital social) lors de leur recherche d'emploi.

3 L'impact des ressources et des configurations familiales sur la mobilité sociale

■ Tout individu possède des capitaux exploitables dans le monde du travail, dont une partie est le produit d'un héritage familial. Ainsi on distingue le capital économique, le capital social, le capital familial et le capital culturel, chacun d'eux ayant des effets sur la mobilité sociale.

■ Le capital économique est l'ensemble du patrimoine immobilier et mobilier. Les plus riches en la matière sont les grands agriculteurs exploitants, les entrepreneurs et les professions libérales.

■ Le capital social est l'ensemble des fréquentations et des réseaux sociaux dans lesquels sont impliqués les individus. Ceux qui en bénéficient le plus sont des catégories favorisées comme les cadres et les professions intellectuelles supérieures, et les professions intermédiaires.

■ Le capital familial est l'ensemble des ressources humaines de la famille, comme la situation familiale des parents (en couple, parent seul, famille recomposée), leur disponibilité, le nombre de frères et sœurs, la présence des grands-parents…

■ Le capital culturel est l'ensemble des produits culturels, des pratiques, des aptitudes, des compétences, des talents personnels, qui facilitent l'intégration sociale. Il est particulièrement riche au sein des cadres et des professions intellectuelles supérieures, en particulier chez les professions libérales, les cadres supérieurs et les enseignants.

1 Une société mobile n'est pas forcément une société plus fluide

- S'intéresser à l'évolution de la fluidité sociale, c'est-à-dire aux chances relatives d'accès aux différents groupes sociaux selon l'origine, permet de constater si les inégalités se réduisent ou non.
- Or, si l'accroissement de la mobilité sociale peut améliorer la fluidité sociale, une société plus mobile n'est pas forcément une société plus fluide : la mobilité descendante existe, la mobilité de proximité (entre cadres et professions intellectuelles supérieures et professions intermédiaires ou entre ouvriers et employés) est importante et ne correspond pas à un changement radical de statut, et les écarts entre professions et catégories socioprofessionnelles (PCS) ne se réduisent pas forcément.
- Ainsi, une société n'est pas fluide lorsque les enfants des différentes PCS ne disposent pas des mêmes chances d'accéder aux positions supérieures. Par exemple, quand les chances d'un fils de cadre de devenir cadre plutôt qu'ouvrier s'accroissent par rapport aux chances d'un fils d'ouvrier de devenir cadre plutôt qu'ouvrier, la fluidité sociale se détériore.

2 L'importance de la hiérarchie sociale

- Si l'étude de la mobilité sociale cherche à mesurer les changements de position sociale entre les enfants et leurs parents, elle ne se limite qu'à certains changements. En effet, elle ne met en lumière que les personnes qui montent dans la hiérarchie (promotion) en fonction du statut de la PCS, celles qui descendent (déclassement), celles qui changent de statut et celles qui restent immobiles. Il faut donc compléter cette étude par l'étude de la hiérarchie sociale, par exemple en étudiant les structures d'emploi, les salaires distribués…
- De nombreux facteurs autres que la profession et la catégorie socioprofessionnelle du père définissent l'origine d'un individu et son origine sociale, comme la situation sociale de la mère, des grands-parents, des oncles et des tantes, mais aussi le type d'éducation reçu par la famille…

Mot-clé

Le déclassement est la perte d'une position sociale, que ce soit celle de son milieu d'origine, celle que l'individu avait atteint ou celle que laissait espérer le diplôme obtenu.

Vu !

3 Des principes de construction limités

■ Sachant qu'il y a une relative proximité des statuts professionnels entre certaines PCS – les agriculteurs exploitants (AE) et les artisans, commerçants et chefs d'entreprise (ACCE) ; les cadres et professions intellectuelles supérieures (CPIS) et les professions intermédiaires (PI) ; les employés et les ouvriers –, il est possible d'identifier et de mesurer une forte mobilité de proximité en France :

– en matière d'origine : 41 % des ACCE ont un père ACCE (29 %) ou AE (12 %), 44 % des CPIS ont un père CPIS (24 %) ou PI (20 %) et 63 % des employés ont un père employé (14 %) ou ouvrier (49 %) ;
– en matière de destinée : 79 % des fils de CPIS deviennent CPIS (53 %) ou PI (26 %) et 58 % des fils d'ouvriers deviennent ouvriers (46 %) ou employés (12 %).

■ La proximité sociale limite l'effet de la mobilité, dans la mesure où elle minimise par exemple les efforts et le succès dans les études : devenir CPIS (Bac + 5) quand on a un père PI (Bac + 3) est quand même de la mobilité ascendante, avec souvent un accroissement du niveau de vie à la clé. De même, devenir employé et non ouvrier, c'est dans un certain nombre de cas améliorer ses conditions de travail, avoir plus de responsabilités et gagner éventuellement plus. La mobilité de proximité renforçant l'immobilité sociale, elle brouille les pistes.

■ Par ailleurs, apparaît un problème d'âge : limiter les études aux personnes âgées de 35 ans ou aux 40-59 ans prive de connaissances sur les plus jeunes, à un moment de carrière où justement le manque de stabilité d'une partie des salariés confirme l'existence d'une mobilité forte. Par conséquent, le changement de PCS au cours de la carrière (mobilité intragénérationnelle) est sous-estimé.

■ La rareté des tables de mobilité concernant les femmes est un problème plus grave encore, puisque l'on se prive de la moitié de la population active. Le fait que l'on compare le plus souvent les filles avec leur père et non avec leur mère amplifie la difficulté de représenter la réalité sociale. D'ailleurs, la profession d'un seul membre de la famille suffit-il à décrire le milieu social d'une personne ?

■ Enfin, les tables de mobilité présentent d'autres limites. Le changement de prestige social de certains emplois, par exemple, n'est pas pris en compte par la mobilité sociale. Le nombre de PCS retenues change également l'ampleur de la mobilité sociale.

Cartes RÉVIS'EXPRESS

Révisez les points clés des fiches 43 à 46

Fiche 47

La mesure de la mobilité sociale, ses facteurs et ses limites

CARTE 1

Qu'est-ce que la mobilité sociale ascendante ?

→ Fiche 43

CARTE 2

Quelles sont les spécificités de la mobilité sociale des femmes ?

→ Fiche 43

CARTE 3

Qu'est-ce qu'une table de recrutement ?

→ Fiche 44

CARTE 4

Quelle information peut-on tirer de l'observation des chiffres de la diagonale d'une table de destinée ?

→ Fiche 44

CARTE 5

À quoi est due la mobilité structurelle ?

→ Fiche 45

CARTE 6

Pourquoi l'accès à un diplôme n'est-il pas une garantie d'ascension sociale ?

→ Fiche 45

CARTE 7

Quelles ressources familiales ont des effets sur les possibilités de mobilité sociale ?

→ Fiche 45

CARTE 8

Qu'est-ce qu'une société parfaitement fluide ?

→ Fiche 46

Vu !

Réponses

CARTE 1

La mobilité sociale ascendante désigne le fait qu'un individu occupe une catégorie socioprofessionnelle socialement plus valorisée que celle de ses parents.

CARTE 2

Les femmes sont plus mobiles que les hommes mais elles connaissent moins souvent la mobilité ascendante et sont plus régulièrement confrontées à la mobilité descendante ou horizontale.

CARTE 3

Une table de recrutement est un tableau de mobilité sociale qui cherche à déterminer l'origine sociale des hommes appartenant à une PCS donnée.

CARTE 4

Les chiffres de la diagonale d'une table de destinée nous renseignent sur l'importance de l'immobilité sociale : plus les chiffres sont élevés, plus cette immobilité est forte.

CARTE 5

La mobilité structurelle est la part de la mobilité sociale uniquement due aux changements de la structure des emplois entre deux générations.

CARTE 6

L'accès à un diplôme ne garantit pas l'ascension sociale car le nombre de diplômés du supérieur a plus fortement progressé que le nombre d'emplois qualifiés.

CARTE 7

Les ressources familiales affectant les possibilités de mobilité sociale sont constituées de différents capitaux : le capital économique, le capital social et le capital culturel.

CARTE 8

Une société parfaitement fluide serait une société dans laquelle les chances d'accès aux positions sociales supérieures ne dépendraient nullement de l'origine sociale.

Le chevauchement de l'emploi, du chômage et de l'inactivité

Fiche 48

1 Le statut professionnel d'un individu n'est pas toujours identifiable

■ Les notions de travail, d'emploi, d'inactivité et de chômage sont difficiles à distinguer nettement.

■ Un travail désigne une activité humaine socialement utile : le travail salarié, le travail bénévole, le travail domestique, le travail scolaire, le travail clandestin. Tout travail n'est cependant pas un emploi.

■ L'appellation emploi désigne un travail rémunéré et déclaré. On distingue deux statuts d'emploi : l'emploi salarié, qui désigne l'activité d'une personne qui se place sous la subordination d'un employeur en échange d'un salaire, et l'emploi non salarié ou indépendant.

■ Un chômeur n'est pas un inactif : c'est un actif inoccupé. La population active totale regroupe l'ensemble des actifs occupés, c'est-à-dire les travailleurs, et des actifs inoccupés, c'est-à-dire les chômeurs. Les évolutions récentes de l'emploi ont rendu plus floues les frontières entre l'activité et l'inactivité. Est inactive une personne qui ne travaille pas pour un emploi déclaré et rémunéré. C'est le cas des personnes au foyer (pères ou mères d'enfants en bas âge, personnes malades, handicapées...), des étudiants et des retraités.

2 Le chevauchement des situations d'emploi, d'inactivité et de chômage crée un halo du chômage

■ L'essor des formes particulières d'emploi (FPE), appelées aussi emplois atypiques, a brouillé les distinctions entre les différentes formes d'emploi et renforcé les difficultés à distinguer nettement l'emploi, le chômage et l'inactivité.

> **Expression-clé**
>
> Les formes particulières d'emploi désignent tous les emplois qui ne sont pas des emplois stables (en CDI) et à temps plein. Il s'agit donc des emplois en contrats à durée limitée (CDD, intérim) et/ou des emplois dont la durée du temps de travail est réduite (temps partiel).

■ Il existe un halo du chômage qui regroupe des individus qui ne sont pas comptabilisés comme chômeurs bien que sans réel emploi. Jacques Freyssinet a montré qu'il existait un certain nombre de situations où l'individu n'est pas vraiment en emploi, n'est pas vraiment en inactivité ou n'est pas vraiment au chômage.

■ Ce schéma permet de mettre en évidence plusieurs situations :

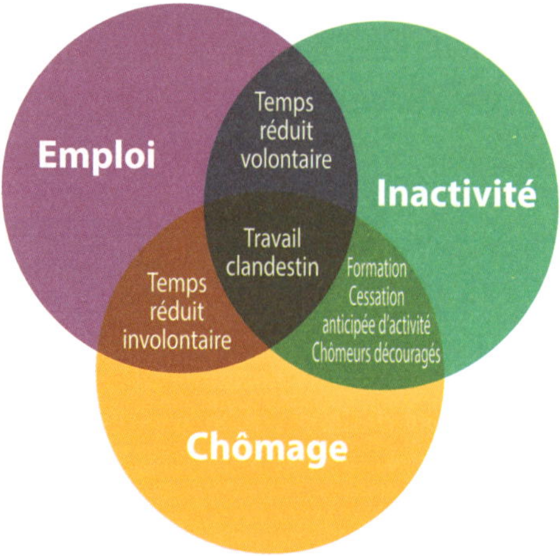

– à cheval entre l'emploi et l'inactivité se trouve le temps réduit volontaire : les travailleurs à temps partiel choisi, par exemple les mères qui travaillent à mi-temps ou les étudiants salariés ;

– à cheval entre l'emploi et le chômage officiel se trouve le temps réduit involontaire : le salarié se résigne à accepter un poste de travail qui n'est pas à plein temps, faute de mieux. Il s'agit d'un sous-emploi, puisque le temps partiel est subi ;

– à cheval entre l'inactivité et le chômage se trouvent les chômeurs découragés (qui renoncent à se déclarer à Pôle emploi), ceux qui suivent une formation ou sont en préretraite ;

– quant au travail clandestin, il est à cheval entre les trois situations d'emploi, d'inactivité et de chômage : on travaille (emploi), mais on n'est pas censé travailler (inactivité) et on doit en principe chercher du travail (chômage).

3 Les effets du chevauchement des situations d'emploi, d'inactivité et de chômage

■ Les divergences de perception du chômage, par exemple entre l'Insee et Pôle emploi, se sont accentuées. Par conséquence, les comparaisons internationales deviennent difficiles à établir.

■ Le halo du chômage rend plus incertaine la mesure du chômage. Ce dernier a tendance à être sous-estimé par les organismes de mesure (notamment par l'Insee).

■ Le monde du travail a tendance à s'hétérogénéiser. Les politiques gouvernementales face au chômage ont de plus en plus de difficultés à mettre en place des mesures diversifiées et opportunes face à chaque situation.

Chiffres-clés

En moyenne, en 2021, en Fra[nce] métropolitaine, **2,8 millions** [de] personnes de 15 à 64 ans s[ont] au chômage au sens du BIT [et] **3,5 millions** sont inscrites [à] Pôle emploi en catégorie A.

Les descripteurs de la qualité des emplois

Fiche 49

1 Les emplois sont de qualité variable

■ Les emplois se caractérisent par une grande diversité, voire des inégalités : les conditions de travail, la rémunération (dont le salaire), la sécurité économique, la formation continue, la variété des tâches, l'intérêt des tâches à effectuer... diffèrent.

■ Les conditions de travail évoluent assez rapidement. Les tâches, l'organisation et le management se transforment, cela conduit à recomposer les formes d'emploi.

■ L'hétérogénéité des salaires, la promotion des carrières, la mobilité, les contrats, les modalités de rupture, la reconnaissance des compétences font l'objet de changements, ce qui suppose une adaptabilité des salariés et de la concertation entre partenaires sociaux.

■ Il existe plusieurs indicateurs de distinction des emplois (ce qui permet de décrire et de mesurer les inégalités), dont le *Job Quality Index* (élaboré par l'Institut syndical européen), qui comprend 6 dimensions : les salaires ; les formes atypiques d'emploi ; le temps de travail et l'équilibre entre travail/hors-travail ; les conditions de travail et de sécurité d'emploi ; les qualifications et le développement professionnel ; la représentation des intérêts collectifs.

Zoom

L'OCDE préfère s'attacher à trois dimensions pour évaluer la qualité des emplois : la qualité des revenus du travail, la sécurité sur le marché du travail et la qualité de l'environnement de travail.

2 Les tâches, les conditions de travail et de rémunération diffèrent

■ Les inégalités dans le monde du travail sont importantes. Les fonctions, c'est-à-dire les rôles, les missions, les attentes sociales et les conditions de travail sont très différentes, comme l'attestent la pénibilité, les maladies et les accidents professionnels. Beaucoup d'emplois sont répétitifs, surtout pour les postes de travail les moins qualifiés.

■ L'employabilité des salariés est diversifiée et les conditions d'emploi, les formes et durées de contrat de travail, le risque de se retrouver au chômage diffèrent selon la PCS et le type de poste de travail. Ainsi, les plus qualifiés et les cadres bénéficient en général

Vu !

d'une bonne qualité d'emploi et de contrat de travail, d'accès à la formation continue…

■ En matière de **rémunération**, on constate également de grandes différences : les femmes sont payées en moyenne 20 % de moins que les hommes, les cadres gagnent 3 à 4 fois plus que les ouvriers…

3 Les emplois n'ouvrent pas les mêmes perspectives de carrière

■ Les individus qui ont reçu les meilleurs niveaux de formation initiale sont avantagés : ils ont plus facilement accès à la **formation continue**, comme l'atteste l'exemple des cadres ou des professions libérales.

■ Les chances de **promotion** de ces catégories sont également supérieures à celles des autres catégories socioprofessionnelles. Par conséquent, elles s'inscrivent davantage dans des **trajectoires ascendantes** que les salariés les moins qualifiés. Les chances d'accéder à des postes avec davantage de responsabilités et mieux payés sont plus importantes.

■ On retrouve des inégalités importantes **entre hommes et femmes**, les promotions étant attribuées en priorité aux hommes. Les femmes, qui connaissent des arrêts de travail (grossesse, garde d'enfants malades) et ont donc moins d'ancienneté, occupent des postes à moindre responsabilité et sont par conséquent moins susceptibles d'améliorer leur statut. Beaucoup de femmes également travaillent à temps partiel (surtout à mi-temps), ce qui empêche d'office toute promotion.

■ De même, la **validation des acquis de l'expérience** (VAE) favorise davantage les hommes, les PCS au meilleur statut, les meilleures qualifications et les plus âgés : les privilèges et les handicaps se cumulent.

Mots-clés

Toute personne ayant ex une activité profess nelle peut, sous conditi bénéficier de la **valida des acquis de l'expéri** (VAE). Son expérience permet d'obtenir une tification afin d'évo professionnellement.

Cartes RÉVIS'EXPRESS

Révisez les points clés des fiches 48 et 49

Fiche 50

Les caractéristiques des emplois et les indicateurs de la description de la qualité des emplois

CARTE 1

Quels sont les deux statuts d'emploi ?

→ Fiche 48

CARTE 2

Qu'est-ce qui différencie un chômeur d'un inactif ?

→ Fiche 48

CARTE 3

Que sont les formes particulières d'emploi (FPE) ?

→ Fiche 48

CARTE 4

Quelle situation se trouve à la frontière de l'emploi et de l'inactivité dans le halo du chômage ?

→ Fiche 48

CARTE 5

Où peut-on situer le sous-emploi dans le halo du chômage ?

→ Fiche 48

CARTE 6

Quelle est la conséquence de l'existence d'un halo du chômage sur la mesure du chômage ?

→ Fiche 48

CARTE 7

Quelles sont les trois dimensions retenues par l'OCDE pour évaluer la qualité d'un emploi ?

→ Fiche 49

CARTE 8

Quels sont les facteurs à l'origine des inégalités de promotions et de carrières ?

→ Fiche 49

Réponses

CARTE 1

L'emploi peut être salarié, lorsqu'il désigne l'activité d'une personne qui se place sous la subordination d'un employeur en échange d'un salaire, ou indépendant (donc non salarié).

CARTE 2

À la différence d'un inactif, un chômeur cherche à exercer un emploi. Il est donc comptabilisé comme actif inoccupé.

CARTE 3

Les FPE, ou emplois atypiques, désignent tous les emplois qui ne sont pas stables (CDD, intérim) et à temps plein (temps partiel).

CARTE 4

Le temps réduit volontaire est une situation intermédiaire entre l'emploi et l'inactivité : il s'agit des salariés ayant choisi d'avoir un emploi à temps partiel.

CARTE 5

Le sous-emploi est une situation intermédiaire entre le chômage et l'emploi : il s'agit des salariés qui, faute de mieux, sont contraints de travailler à temps partiel et qui subissent donc une forme de précarité.

CARTE 6

Le halo du chômage rend plus incertaine la mesure du chômage et tend à sous-estimer les chiffres réels de celui-ci.

CARTE 7

Selon l'OCDE, la qualité d'un emploi dépend de la qualité des revenus qu'il procure, de la sécurité qu'il offre au salarié et de la qualité de l'environnement de travail qu'il propose.

CARTE 8

Le niveau de qualification et le genre sont des facteurs d'inégalités de perspectives de carrière : ainsi, les chances de promotion sont plus élevées pour les salariés les plus qualifiés et les hommes.

L'évolution des formes d'organisation du travail

Fiche 51

1 Le taylorisme crée une parcellisation du travail industriel en tâches simples

Le taylorisme cherche à définir un nouveau système de travail. Créée par **Frédéric Winslow Taylor** (1856-1915), l'Organisation scientifique du travail (OST) a pour objectif d'accroître de manière significative les rendements et la production, en luttant contre le gaspillage de temps par les ouvriers. Suite à des études très précises (dessins, chronométrages), Taylor prône le non-déplacement des travailleurs, l'imposition de gestes spécialisés (précis et brefs) et de cadences rapides.

Personnage-clé

En étudiant les modalités et le rendement du travail ouvrier, **Frédéric Winslow Taylor**, un ingénieur américain de la Bethlehem Steel (une entreprise produisant de l'acier), constate l'importance des temps morts, liés aux déplacements et aux pauses. Il cherche alors à déterminer la meilleure façon d'effectuer une tâche.

Deux divisions sont établies. La première est une division verticale du travail, fondée sur la séparation entre l'exécution (les ouvriers, dépossédés de la responsabilité) et la conception (les ingénieurs du bureau des méthodes : les cols blancs). La seconde est une division horizontale des tâches entre les ouvriers spécialisés (OS) qui se qualifient « sur le tas ».

Pour motiver les ouvriers et éviter qu'ils ne se livrent à la « flânerie », Taylor introduit le salaire à la pièce.

2 Le fordisme, facteur de croissance et de développement

Le fordisme est un nouveau mode d'organisation du travail et de la production qui reprend la double division du travail du taylorisme. Henry Ford (1863-1947) approfondit la division horizontale du travail en introduisant le travail à la chaîne : les ouvriers restent spécialisés mais, grâce au convoyeur automatique, ils n'ont plus à changer de place, ce qui permet des gains de temps.

Il se généralise dans les années 1920 aux États-Unis et dans les années 1950 en France, à l'ensemble des activités économiques de l'industrie, mais aussi au travail de bureau et dans le commerce. Il constitue un facteur déterminant du développement et de la croissance économique des Trente Glorieuses.

Vu

■ Henry Ford applique le travail à la chaîne de façon à ce que l'individu « le plus stupide » puisse effectuer le travail demandé. Cela permet de produire en grandes séries des biens standardisés (comme la Ford T, un modèle de voiture), donc de créer une **production de masse**.

■ Afin de faciliter les débouchés pour les biens qui sortent de l'usine, Ford double le salaire journalier des ouvriers : ***« five dollars a day »*** (cinq dollars par jour), ce qui lui permet également d'éviter le turn-over des ouvriers et donc d'assurer une certaine fidélité de la main-d'œuvre à l'entreprise.

3 La crise du fordisme a conduit à en modifier des principes d'organisation

■ Au début des années 1970, le modèle d'organisation fordiste s'essouffle, en raison notamment de l'augmentation des **malfaçons** dues à la production en grande série et au **rejet** de la division verticale et horizontale du travail par les ouvriers. Plus instruits, les ouvriers revendiquent davantage d'autonomie dans leur travail et commencent à se lasser de la monotonie de leurs tâches. Dans les années 1980, les consommateurs commencent également à vouloir des produits « sur mesure », ce que ne leur offre pas la production fordiste, qui est standardisée.

■ La croissance se ralentit, les gains de productivité sont moins élevés, des surproductions apparaissent. Afin de disposer d'une main-d'œuvre souple, directement ajustable aux besoins de l'entreprise et à ses difficultés financières, de répondre à la demande de diversité des consommateurs et de produire sur mesure et sans défaut, les entreprises souhaitent développer la **flexibilité de l'emploi**.

■ Le **toyotisme** répond à cette demande de flexibilité puisque la production se fait à flux tendus (à la demande du consommateur), ce qui nécessite une grande réactivité pour livrer au plus vite le consommateur (avec « zéro délai »). Ainsi, certains principes d'organisation de l'entreprise Toyota, séduisent l'Occident en crise. Plutôt que de créer de l'offre et traquer la demande, c'est le « penser à l'envers ». L'**ohnisme**, du nom de son inventeur Taiichi Ohno (1912-1990), développe un système industriel capable de diversifier ses produits, de les produire à une petite échelle, en « flux tendus », et de limiter les coûts liés aux effets d'échelle. Les salariés sont polyvalents, ont des tâches avec de la responsabilité et travaillent en équipe.

■ Une bonne partie des nouveaux principes du **néo-fordisme** vont s'inspirer de ce modèle économique qui porte ses fruits au Japon.

1 Le numérique brouille les frontières du travail

- L'usage du numérique a modifié profondément la nature du travail, le contenu de l'emploi, les conditions de travail et les attentes.

- L'invention des plateformes (rémunérées par des commissions) a créé une économie numérique nommée « ubérisation ». Les missions sont fixées en ligne. Cela modifie les conditions de la concurrence, comme le montrent les tensions entre les nouveaux taxis (VTC) et les taxis traditionnels (qui doivent payer une licence très élevée). Cette libéralisation est vivement critiquée en raison également de l'affaiblissement de la protection liée à l'emploi.

Zoom

L'usage du numérique a également modifié certains statuts. On constate l'évolution du statut d'entrepreneur, par exemple, avec l'apparition du micro-entrepreneur, qui est lié à l'essor d'un micro-travail (ou travail au clic) qui fait appel au numérique.

- Cette nouvelle organisation correspond à des logiques empruntées à la flexibilité de l'emploi dans ces aspects quantitatifs, avec le recours à l'intérim et aux heures supplémentaires, et dans ces aspects qualitatifs, avec la sous-traitance et la polyvalence des salariés.

- Le télétravail brouille les frontières habituelles du travail, puisque bon nombre de travailleurs ne peuvent plus distinguer nettement leur lieu de travail et leur lieu de vie. Ils doivent être connectés en permanence et n'ont plus d'horaires fixes de travail.

2 Le numérique transforme les relations d'emploi

- Les nouvelles technologies et les nouveaux besoins productifs, dans le cadre d'une mondialisation qui accentue la concurrence et crée de nouvelles contraintes pour l'entreprise, modifient la forme et le contenu du travail, mais également les relations entre salariés. Ces nouvelles technologies ouvrent la voie à des transformations de l'appareil productif et de l'organisation du travail.

- Si les salariés qualifiés ont des modalités de travail plus souples, plus horizontales et plus collaboratives qu'autrefois, ils doivent s'impliquer pleinement et leurs performances conditionnent celles de l'entreprise. Cela peut dégrader les conditions de travail (stress, surveillance, contrôle, troubles psychosociaux).

■ Les entreprises industrielles deviennent plus exigeantes, en recherchant dans les nouveaux candidats à l'emploi des compétences techniques (les *hard skills*) et des compétences transversales et comportementales (les *soft skills*).

■ Dans les bureaux apparaissent des *open space* qui supposent un sens aigu de la communication et du travail en équipe. Les salariés doivent par ailleurs de plus en plus travailler en ligne et en réseau.

3 Le numérique accroît les risques de polarisation des emplois

■ On doit aux luddistes (ouvriers anglais du textile en révolte au début du XIXe siècle) un scepticisme à l'égard des nouvelles machines qui risquent de remplacer l'humain dans son travail et qui pourraient créer du chômage, ce qui a été le cas avec la mécanisation de l'agriculture et la robotisation de l'industrie.

■ On peut aussi penser que la machine a réduit les tâches difficiles et dangereuses et, qu'à long terme, le progrès technique a créé plus d'emplois qu'il n'en a détruits (c'est le processus de destruction créatrice de Joseph Schumpeter). Mais il faut reconnaître qu'après une longue période d'enrichissement et d'élargissement des tâches (avec le néo-fordisme), une nouvelle **polarisation** des emplois apparaît.

Mot-clé

Polarisation : phénom[…] qui renvoie à la forte ré[…]tion des emplois de quali[…]tion intermédiaire (num[…]quement les plus nombr[…] au profit de la hausse [des] emplois peu qualifiés d[…] part et des emplois très [qua]lifiés d'autre part.

■ Les nouvelles technologies de l'information et de la communication (NTIC) encouragent les hautes qualifications et créent en bas de l'échelle des emplois très peu qualifiés dans le secteur des services (livraison, services de satisfaction clientèle, services de nettoyage...). En revanche, les NTIC contribuent à détruire les emplois automatisables (à tâches routinières) : ouvrier qualifié dans l'industrie, comptable, opérateur saisissant des données...

■ De plus, les avancées technologiques concernent avant tout les territoires économiquement dynamiques, les pôles de compétitivité et les mégapoles, ce qui accroît les inégalités entre espaces géographiques, mais aussi socialement en raison des problèmes de logement à proximité des villes.

■ Le progrès technique creuse ainsi les inégalités et accentue le dualisme du marché du travail, créé par la flexibilité de l'emploi et du travail (comme le souligne l'économiste américain Michael J. Piore).

Travail et intégration sociale

Fiche 53

1 Le travail est un facteur-clé d'intégration sociale

■ Selon Émile Durkheim, le travail attribue une place et des fonctions sociales à chaque membre de la société, en lui donnant les moyens d'être intégré. En effet, le passage de la solidarité mécanique (caractérisant les sociétés traditionnelles) à la solidarité organique (marquant les sociétés modernes) a fait de l'individu qui travaille un membre intégré à la communauté.

■ La division du travail attribue à chacun des tâches précises, des fonctions sociales et crée des liens sociaux. Dans ce cadre, chaque individu est indispensable aux autres individus et constitue un organe du corps social.

■ Le lieu de travail participe d'ailleurs au processus de socialisation secondaire, en véhiculant des valeurs et des normes partagées, en suscitant de la communication, en créant des interactions et des liens sociaux… parfois même en participant à la formation de couples.

■ Lorsqu'il fournit un revenu décent, l'emploi assure aussi un revenu qui permet de se nourrir, de s'habiller, de se loger et, au-delà de la satisfaction de ses besoins essentiels, de participer à la société de consommation de masse.

2 Certaines évolutions de l'emploi peuvent affaiblir le rôle intégrateur du travail

■ Tout poste de travail ne crée pas forcément des opportunités de communication. Dans les petites entreprises, certains salariés sont seuls et n'ont pas de collègues de travail. D'autres sont isolés dans un bureau, en espace fermé, et ne travaillent pas en équipe.

■ Beaucoup de travailleurs, déclarés en microentreprise, exercent désormais leur activité chez eux. S'ils ont des relations avec leurs fournisseurs et leurs clients, ils ont cependant moins de contacts que s'ils travaillaient à l'extérieur du foyer.

Zoom

Le **télétravail** conduit les opérateurs de téléphonie à être en lien avec beaucoup de personnes dans la journée, mais c'est pour vendre un service ou aider par téléphone des clients : il n'y a pas de relation régulière ni de réel échange.

Vu

- Les **formes particulières d'emploi** (FPE), liées au souci d'assurer aux entreprises des salariés souples (avec la flexibilité de l'emploi et du travail), créent une **instabilité des postes occupés**, en particulier pour les jeunes et les moins qualifiés.
- Passer d'un emploi en intérim à un CDD court, puis à un autre ou à une formation, ne facilite pas l'intégration sociale aux équipes de salariés et à l'entreprise. Ainsi, la précarisation de l'emploi conduit souvent à une **précarisation du lien social**.

3 L'exclusion sociale prend des formes diversifiées

- Quand un individu se retrouve au chômage, il perd :

– son **revenu** (les chômeurs sont peu ou mal indemnisés) et donc ses possibilités d'entretenir le lien social (moins de sorties, moins de loisirs, moins de possibilités de recevoir des amis…) ;
– son **identité sociale**. Peut naître alors un sentiment d'inutilité sociale, de honte et de culpabilité ;
– les **relations** sociales qu'il entretenait avec ses collègues.

Cette rupture du lien social par le travail peut mener à une **rupture du lien familial**.

- Il existe peu d'associations qui maintiennent le lien social et défendent les droits des chômeurs. L'isolement social et la déprime morale qui y est associée conduisent souvent à un enfermement de l'individu sur lui. On ne sort plus, on ne communique plus, on se sent abandonné : c'est l'**exclusion sociale**.

Mot-clé

Disqualification : processus d'affaiblissement ou rupture des liens de l'individu avec la société au sens de la perte de la protection et de la reconnaissance sociale.

- Comme l'a montré le sociologue Serge Paugam, les chômeurs et les salariés précaires sont exposés au processus de **disqualification** sociale, qui s'opère en trois phases :

– la **fragilité** (difficile accès à l'emploi, échec professionnel, sentiment d'infériorité, précarité professionnelle prolongée) ;
– la **dépendance** (prise en charge par les services sociaux, renoncement à l'exercice d'un emploi, stigmatisation de la situation sociale) ;
– la **rupture** (chômage de longue durée, cumul de problèmes : santé, logement, rupture avec la famille, misère et désocialisation, sortie du filet de protection sociale).

Cartes RÉVIS'EXPRESS

Révisez les points clés des fiches 51 à 53

Fiche 54

Les évolutions de l'organisation du travail et du rôle intégrateur du travail

CARTE 1

En quoi la division verticale du travail consiste-t-elle ?

→ Fiche 51

CARTE 2

Pourquoi le travail à la chaîne permet-il des gains de productivité ?

→ Fiche 51

CARTE 3

Avec quelle organisation du travail le principe de la production à flux tendus s'est-il développé ?

→ Fiche 51

CARTE 4

Comment le télétravail brouille-t-il les frontières habituelles du travail ?

→ Fiche 52

CARTE 5

Quelles qualifications requièrent les emplois qui se développent avec les NTIC ?

→ Fiche 52

CARTE 6

Selon Durkheim, pourquoi le travail est-il un facteur d'intégration dans la société ?

→ Fiche 53

CARTE 7

En quoi consiste la dimension socialisatrice du travail ?

→ Fiche 53

CARTE 8

Quelles catégories d'individus sont exposées au processus de disqualification sociale décrit par Paugam ?

→ Fiche 53

Vu !

Réponses

CARTE 1

La division verticale du travail – introduite dans le taylorisme – consiste à séparer le travail de conception, confié aux ingénieurs, du travail d'exécution, effectué par les ouvriers spécialisés.

CARTE 2

Le travail à la chaîne consiste à automatiser la production grâce à un convoyeur, ce qui permet des gains de productivité, puisque les ouvriers n'ont plus à changer de place.

CARTE 3

La production à flux tendus s'est développée avec le toyotisme.

CARTE 4

Le télétravail aboutit à ce que les salariés n'aient plus d'horaires fixes de travail, rendant moins nette la distinction entre lieu de travail et lieu de vie.

CARTE 5

Les NTIC contribuent à la fois à créer des emplois hautement qualifiés et des emplois très peu qualifiés dans le secteur des services.

CARTE 6

Selon Durkheim, la division du travail est intégratrice puisqu'en attribuant à chacun une tâche précise, elle crée des liens sociaux entre les individus qui deviennent interdépendants, à l'image des organes du corps.

CARTE 7

Le travail est socialisant car il contribue à produire des normes et des valeurs partagées, des interactions et des liens sociaux.

CARTE 8

Selon Paugam, les chômeurs et les salariés précaires sont exposés au processus de disqualification sociale.

L'engagement politique prend des formes variées

Fiche 55

1 Les formes de l'engagement politique

■ Voter (moyen conventionnel et ritualisé) ou rejoindre un parti politique ne suffisent pas à définir l'engagement politique. L'**engagement politique** désigne l'ensemble des formes d'implication du citoyen dans la société animées par des valeurs politiques. On peut citer le militantisme, l'engagement associatif, la consommation engagée (en tant que prise de conscience collective)…

■ Le but principal de l'engagement politique est de tenter d'influencer ceux qui détiennent le pouvoir. La motivation de l'action engagée peut être d'en tirer un avantage, qu'il soit ou non matériel. On distingue ainsi les **incitations sélectives** (avantages matériels) comme obtenir un poste d'élu quand on est candidat d'un parti politique, bénéficier de tarifs préférentiels dans une association… et les **rétributions symboliques** (avantages non matériels) comme améliorer l'estime de soi, la possibilité de nouer de nouvelles relations sociales…

■ L'engagement politique peut s'exprimer **individuellement**, par une grève de la faim ou une prise de position individuelle, mais il est le plus souvent **collectif**, qu'ils s'agissent des grèves, des manifestations, des pétitions, des mouvements sociaux, avec l'aide ou non d'organisations et/ou de réseaux sociaux.

■ L'action politique, entreprise par le citoyen mobilisé ou une association, peut être **légale** ou **illégale**, **violente** ou **non violente**.

2 Militer ou s'engager dans une association répond à certaines logiques

■ Le **militantisme**, en tant qu'action bénévole et active sur le terrain, est l'une des façons de jouer un rôle en politique. Mais agir ne va pas de soi : il faut commencer par avoir une conscience politique, c'est-à-dire le sentiment de partager des valeurs et des causes à défendre. Cela permet de se sentir solidaire avec des personnes qui agissent sur le terrain.

■ Les **associations**, politiques ou non politiques, tentent de convaincre un maximum de personnes d'adhérer et de se mobiliser pour telle ou telle cause. Elles ont souvent davantage d'impact dans les médias que les simples citoyens.

Zoom

Les syndicats et les partis politiques sont des **associations**, avec la particularité pour les partis politiques d'avoir un financement encadré.

Vu !

■ Participer à une action et/ou à une association suppose d'y consacrer du temps, de l'énergie, de l'argent. En cas d'incidents lors de certaines manifestations, par exemple, l'intégrité physique peut aussi être affectée.

■ Aucun mouvement ne fait le plein de ses troupes potentielles et les acteurs sur le terrain agissent par procuration : ils le font au nom des personnes qui les soutiennent moralement. C'est ce que l'on constate dans les sondages d'opinion, par exemple avec le mouvement des gilets jaunes : le soutien populaire est important, mais pas la mobilisation.

3 La consommation engagée est un combat particulier

■ Le combat politique est une question de valeurs et de convictions. Dans le domaine de l'alimentation et de l'écologie, nombreux sont les citoyens qui utilisent la consommation comme arme pour signifier leur point de vue. Par exemple, on consomme des produits issus du commerce équitable pour encourager les petits producteurs des pays en développement et pour s'opposer à l'industrie agroalimentaire qui pollue et gaspille, tout en vendant des produits de mauvaise qualité selon ses détracteurs.

■ L'argument financier est central : en limitant certaines consommations, on limite le profit de l'entreprise que l'on vise. On parle de boycott quand il s'agit de refuser systématiquement de consommer les produits d'une entreprise.

Exemple

Depuis quelques années, consommateurs sensibl la cause environnemer multiplient les appels boycott d'une célèbre à tartiner. Sa produc nécessite l'utilisation d'l de palme, ce qui entı des dégâts environner taux importants comm déforestation et donc la parition de certaines esp animales.

■ Les stratégies de boycott sont des formes individualistes de l'engagement politique car les consommateurs qui ont recours à ces pratiques ne sont pas nécessairement adhérents d'un parti ou d'une association de défense d'une cause.

■ Bien qu'individualistes, ces stratégies témoignent d'une volonté des consommateurs de manifester leur attachement à des valeurs non matérialistes et non individualistes : environnement, conditions de travail des salariés, santé…

■ À l'inverse, le buycott encourage d'autres consommations en privilégiant l'achat de produits issus de l'agriculture biologique, de produits locaux en circuit court, auprès des petits producteurs. Cette forme de « consommation engagée » est une façon de contester une mondialisation fondée sur la seule maximisation du profit.

L'action collective est-elle toujours possible ?

Fiche 56

1 Le paradoxe de l'action collective rend l'engagement personnel irrationnel

■ L'individu qui s'engage en politique le fait-il en comparant les coûts et les avantages ? Autrement dit, est-il rationnel ? Adopte-t-il une stratégie pour défendre ses propres intérêts et gagner des avantages personnels ?

■ Le paradoxe de l'action collective suppose que s'engager est irrationnel : le coût de la participation est personnel tandis que les bénéfices sont collectifs. Cela n'incite pas l'individu à s'impliquer : il a tendance à adopter la stratégie du « passager clandestin ». Elle consiste à laisser les autres agir, afin de ne pas subir les coûts importants d'une telle mobilisation (coûts individuels : perte d'une journée de salaire, risque d'être mal vu par sa hiérarchie, voire de perdre son emploi…), tout en bénéficiant des bénéfices puisqu'ils sont collectifs (gains collectifs : obtenir une augmentation de salaire, estime de soi en hausse…).

Exemple

En France, il n'est pas obligatoire de se syndiquer. Pour une journée de grève, un gréviste perd 1/30 de son salaire mensuel. Si la grève a du succès, le non-gréviste recevra les mêmes avantages que celui qui a fait grève et perdu de l'argent.

2 Les incitations sélectives et les rétributions symboliques favorisent l'entrée dans l'action collective

■ Face aux difficultés à mobiliser suffisamment de citoyens (notamment les « passagers clandestins »), les groupes (comme les syndicats et les groupes d'intérêt qui défendent une cause) ont intérêt à proposer des incitations sélectives positives (aides à l'emploi, au logement, assistance juridique…) ou négatives. Ces incitations abaissent le coût de la participation aux actions collectives ou, au contraire, accroissent celui de la non-participation.

■ Toutefois, il n'est pas toujours nécessaire de mettre en place des incitations sélectives, car de nombreux citoyens ne recherchent pas forcément l'intérêt individuel et ont plutôt à cœur de défendre des causes ou de participer à un projet de société.

■ Il existe d'autres satisfactions à l'engagement politique que les seuls avantages économiques : des rétributions symboliques (comme le montre Daniel Gaxie) peuvent également motiver les

Vu

citoyens. Citons, par exemple, le sentiment de défendre une cause noble, d'être dans une dynamique collective, de se sentir utile aux autres, de défendre des valeurs altruistes, de faire appel à des éléments affectifs, de créer des liens sociaux, de participer au changement social. Autant d'éléments qui sont utiles à la sociabilité et à l'estime de soi.

3 L'entrée dans une action collective dépend de l'environnement politique

■ La société, l'époque, le contexte politique créent le champ des possibles, dans la relation entre le citoyen, les groupes sociaux et l'exercice du pouvoir.

■ La structure sociodémographique (exemple de la communauté afro-américaine aux États-Unis et de ses liens avec le parti Démocrate), l'offre politique, les rapports de force entre partis, les alliances politiques et leur degré de stabilité, la coopération entre les partis et les associations, le degré de résistance du pouvoir politique à la mobilisation collective sont autant de conditions particulières qui définissent le système politique national et facilitent ou non l'engagement politique.

■ Les opportunités ont des effets sur la sensibilité à l'actualité, la conscience politique, la motivation des citoyens à s'intéresser, voire à se mobiliser et à défendre des causes. Ainsi, l'environnement et les conditions politiques peuvent faciliter l'engagement politique et la mobilisation collective : Charles Tilly, Sidney Tarrow et Doug McAdam (trois analystes des mobilisations collectives) parlent de « structure des opportunités politiques ».

■ Cela conduit à faire appel au ressources collectives, aux savoir-faire, aux réseaux sociaux. Le contexte favorable ou non joue un rôle non négligeable, selon qu'il y a ou non un relais politique et/ou selon la probabilité de succès du mouvement. En effet, lorsque des syndicats ou des partis politiques encouragent des mouvements sociaux et des initiatives, cela crée une émulation et donne envie à d'autres citoyens de s'impliquer également. Par ailleurs, la défense d'une cause est d'autant plus prise en compte par ceux qui exercent le pouvoir politique que les partis politiques s'en sont fait l'écho.

■ Les **mouvements sociaux** sont plus importants lorsque le gouvernement est sourd à des revendications et que le peuple est en colère ou lorsque le gouvernement est fragile, par exemple, et ne peut apporter de solutions satisfaisantes aux citoyens.

Mots-clés

Un **mouvement so**[…] est une forme parti[…] lière d'action collect[…] qui vise à remettre [en] cause l'ordre social.

Les facteurs sociodémographiques de l'engagement politique

Fiche 57

1 L'engagement politique diffère selon la catégorie socioprofessionnelle et le diplôme

■ La diversité de l'engagement politique est largement déterminée par des facteurs individuels et des facteurs sociaux.

■ Parmi les variables sociodémographiques, on peut citer la profession et le milieu professionnel, qui reflètent et véhiculent des valeurs et des normes, ce qui oriente forcément les préférences partisanes. Le choix d'un emploi, même lorsqu'il est lié au « hasard », n'est pas anodin. Tenir un commerce, par exemple, c'est être favorable au marché et à la concurrence ; être infirmier ou infirmière, c'est se mettre au service des autres.

Chiffres-clés

À chaque tour des élections, les cadres et les professions intellectuelles sont **45,1 %** à se déplacer systématiquement, soit presque **20 points de plus** que les ouvriers. Cet abstentionnisme peut s'expliquer par le fait que les ouvriers ne sentent pas représentés par des élus issus en majorité des catégories privilégiées.

■ L'engagement est largement lié au niveau d'instruction, dans la mesure où la connaissance du monde politique et du monde social assure une culture politique et des compétences politiques qui facilitent l'implication politique, comme le montre la plus forte implication des cadres et professions intellectuelles supérieures ou des professions intermédiaires dans les mouvements collectifs ou sur Internet.

■ Il faut cependant nuancer : le mouvement des gilets jaunes en France est plutôt l'expression de catégories modestes, largement issues des classes moyennes inférieures, qui ont peur de perdre leur emploi, leur revenu, leur niveau de vie et d'être paupérisées.

2 L'effet de l'âge et de la génération sur l'implication citoyenne

■ De façon générale, les jeunes (les moins de 25 ans) sont souvent moins politisés que les plus âgés. Ils vont moins voter, que ce soit par désintérêt, par manque de connaissances, en raison des difficultés qu'ils rencontrent au quotidien…

■ Les jeunes sont largement influencés par leur milieu social d'origine et la socialisation apportée par leur famille, qui leur a transmis des valeurs, une culture politique, des préférences

Vu !

partisanes. Des parents qui suivent l'actualité et sont intéressés par les questions politiques ont plus d'enfants militants que les parents apolitiques. La plupart du temps, avant d'entrer dans le monde du travail et de fonder une famille à leur tour, les jeunes restent dans le camp politique de leurs parents.

■ Les jeunes sont toutefois plus radicaux que leurs aînés... au moins le temps de trouver un emploi, de fonder une famille. Les valeurs et les préférences politiques sont, après les valeurs religieuses, celles que la famille transmet le mieux. Les préférences politiques des parents sont d'autant mieux transmises aux enfants que les deux parents ont les mêmes préférences politiques et que celles-ci sont marquées et affirmées.

■ Enfin, l'effet de génération a une influence certaine sur les perceptions et l'implication citoyenne. Les individus qui appartiennent à une même génération ont vécu les mêmes événements (SOS racisme, l'accident de Tchernobyl, les événements du 11 septembre, le confinement lié à la Covid-19...) au même âge : ils partagent des valeurs communes et une vision du monde assez proche, ce qui peut favoriser – selon les événements vécus – l'engagement politique. Par exemple, les jeunes de la génération Z (nés à la fin des années 1990) ont en commun une culture du zapping (Z pour *zapping*), ce qui pourrait expliquer que leur engagement politique soit plus ponctuel ou plus éphémère que celui des générations précédentes.

3 Les femmes sont moins engagées politiquement que les hommes

■ Les hommes s'impliquent davantage que les femmes en politique, en raison d'une plus grande disponibilité et de facteurs culturels. Toutefois, les façons de s'engager des hommes et des femmes diffèrent, l'engagement des femmes pouvant par exemple prendre la forme d'une consommation citoyenne.

■ C'est le produit d'une socialisation différentielle qui se renforce. En effet, à chaque sexe est associé un genre, des valeurs, un statut, une place et des fonctions sociales. Chacun doit répondre aux attentes sociales. Les filles ont appris à obéir à l'autorité davantage que les garçons, par conséquent ceux-ci manifestent une plus grande disposition à contester le pouvoir. Or, militer, c'est largement contester, s'opposer à un pouvoir.

■ Par ailleurs, les hommes sont moins impliqués dans le quotidien que les femmes et ont moins de contraintes : ils prennent moins en charge les enfants, les tâches ménagères, ont moins de problèmes organisationnels à résoudre... Ils disposent ainsi de plus de temps pour s'engager politiquement.

La diversification et l'évolution de l'action collective

Fiche 58

1 On assiste à un déclin relatif des conflits du travail

■ La France a la réputation d'être un pays toujours en grève. Pourtant, des pays comme la Belgique ou l'Italie connaissent davantage de mouvements sociaux. De plus, le nombre de jours de grève ne cesse de diminuer depuis cinquante ans (sauf certaines années : 1982, 1988, 1995, 2017…).

Zoom

Parce qu'elles bloquent la production, les grèves dans les entreprises sont celles qui offrent un rapport de force favorable aux syndicats et défavorable au patronat.

■ On assiste à un déclin relatif des conflits du travail (axés sur les questions d'emploi, de salaires, de conditions de travail). Il s'explique en partie par l'amélioration, sur le long terme, des rémunérations et des postes de travail (largement grâce aux mouvements ouvriers), et par la crise du syndicalisme ouvrier à partir des années 1980.

■ En effet, le taux de syndicalisation est aujourd'hui très faible (8 à 10 % des salariés) et l'influence des syndicats sur les salariés peu évidente, leurs appels à la grève n'étant pas forcément suivis. Ce phénomène s'explique notamment par un moindre intérêt des citoyens pour les questions politiques, le déclin de la conscience de classe ouvrière, accru par la montée de l'individualisme, une critique des stratégies syndicales et du carriérisme des responsables (« syndicratie »), la fragilité des situations d'emploi (on ne prend pas le risque de faire grève par peur de perdre son travail)…

■ Si on assiste bien à un déclin des formes traditionnelles des conflits du travail (diminution du nombre de journées de grève, baisse du taux de syndicalisation), cela ne signifie pas que les conflits du travail ont disparu. Ils sont moins longs, plus ponctuels et éphémères. Les formes sont plus diverses (grève perlée, grève du zèle, débrayage, refus d'heures supplémentaires…) et se sont radicalisées, avec des actions parfois spectaculaires et violentes (destruction de locaux, séquestration de patrons).

2 De nouveaux enjeux de mobilisation et de nouveaux acteurs apparaissent

■ Selon Alain Touraine, le déclin des conflits du travail s'expliquerait par le déclin de la société industrielle et celui du monde ouvrier au profit de conflits sociétaux liés à des groupes d'intérêt

Vu

de catégories du tertiaire. Ces nouveaux acteurs proviennent plutôt des classes moyennes à fort capital culturel, et les luttes portent surtout autour de questions sociales et/ou culturelles.

- Ronald Inglehart va dans le même sens. Grâce aux Trente Glorieuses, les enfants du baby-boom (explosion des naissances qui s'étend de 1945 à 1960, voire jusqu'au milieu des années 1970) auraient modifié leur échelle de valeurs. Cette révolution culturelle serait marquée par des préoccupations post-matérialistes et un attachement à la qualité de vie et à plus de tolérance.

- Avec et après Mai 68, de nombreuses causes émergent et sont portées par les étudiants, les régionalistes, les féministes, les écologistes, les antiracistes, les altermondialistes, les homosexuels…

- Chaque cause a un dominateur à contester, des objectifs, des revendications et des modes d'action propres. Il s'agit d'exprimer un « ras-le-bol », de prôner des solutions, ce qui nécessite de séduire l'opinion publique pour obtenir de la légitimité et du soutien. Les associations ont besoin de l'aide des groupements, des groupes de pression, voire des partis politiques.

3 Le répertoire de l'action politique est diversifié et s'enrichit

- Le vote confirme son avance sur les autres modes d'action, y compris chez les jeunes de 18 à 30 ans. Moyen conventionnel, le vote est hautement symbolique (il représente le pouvoir politique, le peuple, la légitimité, le choix personnel) et remplit de nombreuses fonctions, comme accomplir un droit et un devoir civique et moral, désigner des élus, participer à la démocratie, influer sur le pouvoir politique, soutenir ou contester des élus… Alors que faire grève ou participer à une manifestation est assez peu fréquent.

- L'émergence de nouvelles causes et de nouveaux acteurs a enrichi le répertoire de l'action politique, c'est-à-dire l'ensemble des moyens conventionnels ou non, légaux ou illégaux, d'exprimer un avis. On distingue ainsi les moyens plutôt conventionnels et non conventionnels. Un certain nombre de moyens (comme la désobéissance civile, le refus de payer les impôts, l'occupation d'espaces publics ou de bâtiments, les conférences alternatives…) sont plus ambigus.

Moyens conventionnels	Moyens non conventionnels
Défilé (marche des fiertés ou gay pride…), manifestation de rue, pétition, opération escargot, sit-in virtuel, consommation engagée (commerce équitable…), expression écrite (livre, article, communiqué de presse, blog, twitter)…	Squat, péages gratuits, piratage informatique, dégradation de bâtiments, destruction de documents, blocage des routes ou des ponts, affrontement physique, fauchage de plantes transgéniques, slogan sur un mur…

Cartes RÉVIS'EXPRESS

Révisez les points clés des fiches 55 et 58

Fiche 59

Les formes et les mutations de l'engagement politique

CARTE 1

Comment définir l'engagement politique ?

→ Fiche 55

CARTE 2

Pourquoi le boycott est-il une forme de consommation engagée ?

→ Fiche 55

CARTE 3

Quelles sont les formes traditionnelles que prenaient les conflits du travail ?

→ Fiche 58

CARTE 4

Quels sont les facteurs de la baisse du taux de syndicalisation ?

→ Fiche 58

CARTE 5

Quelles sont les caractéristiques des formes des conflits du travail aujourd'hui ?

→ Fiche 58

CARTE 6

En quoi les enjeux des conflits sociaux qui se sont développés depuis la fin des années 1970 sont-ils nouveaux ?

→ Fiche 58

CARTE 7

Quels sont les nouveaux acteurs de ces conflits aux enjeux nouveaux ?

→ Fiche 58

CARTE 8

Quelles sont les caractéristiques du répertoire de l'action politique aujourd'hui ?

→ Fiche 58

Vu !

Réponses

CARTE 1

L'engagement politique désigne toutes les formes d'implication du citoyen dans la société, dans le but d'influencer ceux qui détiennent le pouvoir.

CARTE 2

Le boycott consiste à refuser d'acheter les produits d'une entreprise au nom de valeurs sociales, sanitaires, environnementales… Il s'agit d'une consommation engagée contre les pratiques non éthiques des entreprises.

CARTE 3

Jusque dans les années 1970, les conflits du travail prenaient essentiellement la forme de grèves longues qui s'accompagnaient d'un engagement syndical assez important.

CARTE 4

La baisse du taux de syndicalisation s'explique par le déclin de la conscience de classe ouvrière accru par la montée de l'individualisme, par la déconnexion croissante entre les responsables syndicaux et les militants…

CARTE 5

Les formes des conflits du travail se sont diversifiées : on assiste à des actions moins longues, plus ponctuelles et parfois plus radicales.

CARTE 6

Depuis les années 1970, les conflits sociaux sont porteurs de revendications post-matérialistes, déconnectées de la sphère du travail. Leurs enjeux sont centrés autour de questions sociales et/ou culturelles.

CARTE 7

Les acteurs des nouveaux conflits sociaux sont souvent les classes moyennes à fort capital culturel, qui militent au sein d'associations, de groupements ou de groupes de pression.

CARTE 8

Le répertoire de l'action politique s'est diversifié : les citoyens usent de moyens de plus en plus variés pour exprimer leur avis et/ou contester les prises de décision (ex. : désobéissance civile).

Cartes RÉVIS'EXPRESS

Fiche 60

Révisez les points clés des fiches 56 et 57

Les déterminants de l'engagement politique

CARTE 1

Comment définir le paradoxe de l'action collective ?

→ Fiche 56

CARTE 2

En quoi consistent les incitations sélectives ?

→ Fiche 56

CARTE 3

Quels avantages, autres que matériels, les individus peuvent-ils retirer de leur participation à l'action collective ?

→ Fiche 56

CARTE 4

Qu'appelle-t-on « structure des opportunités politiques » ?

→ Fiche 56

CARTE 5

Quel lien peut-on établir entre niveau de diplôme et engagement politique ?

→ Fiche 57

CARTE 6

Quelles sont les spécificités de l'engagement politique des jeunes ?

→ Fiche 57

CARTE 7

Qu'est-ce que l'effet de génération ?

→ Fiche 57

CARTE 8

Pourquoi les femmes sont-elles politiquement moins engagées que les hommes ?

→ Fiche 57

Vu !

Réponses

CARTE 1

Ce paradoxe suppose qu'il n'est pas rationnel de s'engager politiquement, car la participation engendre des coûts individuels importants mais ne procure pas davantage de bénéfices que la non-participation.

CARTE 2

Les incitations sélectives sont toutes les mesures qui décident les individus à participer à l'action collective. Elles peuvent être positives (la participation est plus avantageuse) ou négatives (la non-participation est plus coûteuse).

CARTE 3

Les rétributions symboliques désignent les avantages autres qu'économiques que les citoyens peuvent retirer de leur engagement politique comme l'accroissement de l'estime de soi.

CARTE 4

Cela désigne l'ensemble de l'environnement et des conditions politiques qui, selon leurs caractéristiques, peuvent favoriser ou freiner la mobilisation collective.

CARTE 5

Les individus les plus diplômés sont les plus engagés car ce sont eux qui se sentent le plus politiquement compétents.

CARTE 6

Si les jeunes votent moins que leurs aînés, ils témoignent parfois de leur engagement politique à travers des actions plus radicales.

CARTE 7

Cet effet désigne le fait que les individus qui appartiennent à une même génération partagent des valeurs et une vision du monde assez proche, du fait d'avoir vécu des événements similaires au même âge.

CARTE 8

Les femmes sont politiquement moins engagées que les hommes car elles ont intériorisé une forme d'obéissance à l'autorité durant leur socialisation.

Le caractère multiforme et cumulatif des inégalités

Fiche 61

1 Sur le long terme, les inégalités fondamentales ont tendance à se réduire

- Sur le long terme, les **inégalités** fondamentales, c'est-à-dire celles qui concernent les revenus, le patrimoine, la consommation ou l'éducation, se sont sensiblement réduites.

- S'il reste toujours une classe supérieure et si les 1 % (et même les 10 %) des plus riches s'accaparent toujours une bonne partie des richesses, l'essor des classes moyennes (appelé « **moyennisation** ») a contribué à réduire les écarts entre les classes.

Mot-clé

Les **inégalités** désignent les différences de possession ou d'accès à des ressources rares et socialement prisées (revenus, patrimoine, santé, culture, logement, pouvoir...), ce qui créé des avantages pour certains groupes d'individus et des désavantages pour d'autres.

- La moyennisation de la société – qui n'empêche pas l'essor de la classe populaire – se traduit notamment par une réduction considérable, sur un siècle, de l'écart de patrimoine entre la classe supérieure et la classe moyenne.

- Depuis 30 ans, le **revenu moyen** (hors revenus financiers : dividendes, intérêts) des plus pauvres s'est accru plus vite que celui des plus riches : le rapport entre le revenu minimal des 10 % les plus riches et le revenu maximal des 10 % les plus pauvres a diminué d'un tiers.

- Les **écarts d'espérance de vie** se sont également réduits entre les catégories socioprofessionnelles.

2 Les inégalités économiques et sociales sont multiformes

- Par **inégalités économiques**, il faut entendre l'ensemble des disparités perçues comme injustes, en matière de distribution des revenus et de détention de patrimoine. Le caractère injuste des disparités est fondé sur le fait que certains accumulent les privilèges, alors que d'autres cumulent les handicaps et les difficultés économiques.

- Par exemple, le salaire net mensuel d'un cadre est 2,4 fois supérieur à celui d'un ouvrier (4 214 euros contre 1 774 euros en 2018 selon l'Insee) et, tous emplois confondus (quels que soient la

Vu !

qualification de l'emploi et le temps de travail), les femmes perçoivent 25 % de moins que les hommes (mais à emploi égal, elles ne perçoivent « que » 10 % de moins environ que les hommes).

■ Par inégalités sociales ou socioculturelles, il faut entendre l'ensemble des disparités « injustes » qui concernent le mode (ou genre) de vie, les loisirs, les pratiques culturelles, les conditions de logement, les conditions d'existence, l'espérance de vie. Ainsi, l'écart de l'espérance de vie à la naissance entre les cadres et les ouvriers est en moyenne de 6,4 ans, et il est d'environ 13 ans entre les hommes les plus riches et les plus pauvres.

■ Si la distinction entre les inégalités économiques et sociales présente des limites (l'emploi, par exemple, est une activité qui fournit un revenu et qui est source de lien avec autrui), elle permet toutefois de mieux comprendre d'où proviennent en premier les désavantages que cumulent certains groupes sociaux, les inégalités économiques entraînant des inégalités sociales et inversement.

3 Les inégalités économiques et sociales sont cumulatives

■ Souvent, les individus au niveau de vie modeste n'ont pas d'emploi ou ont un emploi précaire. Ils cumulent souvent les handicaps socio-économiques : un niveau d'instruction faible (pas ou peu de diplômes), un capital culturel pauvre, l'absence de loisirs, la faiblesse des liens avec l'extérieur, une faible intégration… Cela conduit à enfermer des destins sociaux dans une situation bloquée, qui laisse peu de place à l'émancipation et à la liberté de choisir.

■ À l'inverse, une bonne partie des catégories favorisées sont fortement intégrées, ont de multiples loisirs, un capital culturel riche. Les individus peuvent alors cumuler les privilèges : un emploi stable, des revenus élevés, une consommation et un patrimoine élevés, la réussite scolaire…

■ Culturellement, on a une différence significative entre l'univorité des milieux populaires et l'omnivorité des classes moyennes et supérieures, qui apparaît comme une marque de distinction sociale et crée une aptitude au changement et à la découverte, avec des effets sur la scolarité.

Mots-clés

Omnivorité : tendance individus à avoir un répert très varié d'activités et de tiques culturelles (exemp opéra, théâtre mais a football, karaoké…).

Univorité : tendance des i vidus à n'avoir qu'une s ou qu'un nombre très li d'activités et de pratic culturelles (exemple : lin ses activités à la télévisio au shopping dans les cer commerciaux), faute de séder les moyens finan ou les codes sociaux et cu rels nécessaires.

Les outils de mesure des inégalités

Fiche 62

1 Les quantiles permettent de mesurer la dispersion des revenus ou du patrimoine

■ Les quantiles sont utilisés pour mesurer la dispersion, c'est-à-dire l'étendue des différentes valeurs que peut prendre une variable telle que le revenu ou le patrimoine. Plus l'étendue de ces valeurs est forte, plus la série est dite dispersée et plus les inégalités sont fortes.

Mot-clé

Les **quantiles** sont des valeurs de la variable (revenu ou patrimoine) qui partagent la série en *n* parts d'effectif égal. La médiane correspond au quantile qui partage la population en deux parts égales.

■ Selon le nombre de parts que comporte l'effectif total, les quantiles ont des noms différents :

Si l'on partage l'effectif total en :	Chaque part représentera :	La valeur maximale de la variable s'appelle :	Il y a :
100 parts de même effectif	1 % de l'effectif total	Un centile	99 centiles
10 parts de même effectif	10 % de l'effectif total	Un décile	9 déciles
5 parts de même effectif	20 % de l'effectif total	Un quintile	4 quintiles
4 parts de même effectif	25 % de l'effectif total	Un quartile	3 quartiles

■ Pour mesurer le degré de dispersion d'une série et donc le degré d'inégalité dans la distribution d'une variable comme les salaires, on peut être amené à calculer un **rapport interquantile**, c'est-à-dire le rapport entre le quantile le plus élevé et le quantile le moins élevé. Par exemple, le rapport interdécile D9/D1 permet de savoir de combien de fois le revenu minimal des individus les plus aisés est supérieur au revenu maximal des plus démunis. On en déduit que plus le rapport interquantile est élevé, plus les inégalités sont fortes.

2 La courbe de Lorenz : une représentation graphique des inégalités

■ La **courbe de Lorenz** permet de visualiser graphiquement la concentration plus ou moins forte d'une ressource (revenus ou patrimoine) au sein de la population. En abscisses du graphique,

Vu !

sont présentés les pourcentages cumulés des ménages, classés par ordre croissant (de la population la moins aisée à la population la plus aisée). En ordonnées, on trouve les pourcentages cumulés croissants des revenus ou du patrimoine. Ainsi, la courbe de Lorenz permet de savoir quelle part du revenu total (ou du patrimoine total) se partage une part donnée de la population.

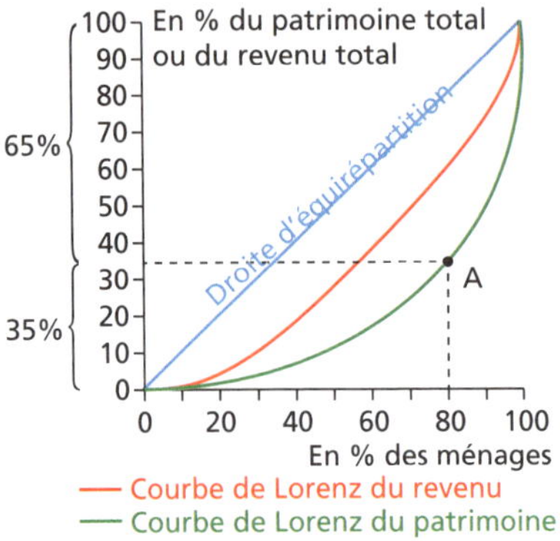

Lecture du point A : les 80 % des ménages les plus démunis se partagent 35 % du patrimoine.
On en déduit que les 20 % des ménages les plus aisés se partagent 65 % du patrimoine total.

■ La diagonale du graphique se nomme droite d'équirépartition. Elle correspond à une répartition parfaitement égalitaire du patrimoine (ou des revenus) : 10 % des ménages, par exemple, se partagent 10 % du patrimoine total. Par conséquent, plus la courbe de Lorenz est éloignée de cette droite d'équirépartition, plus les inégalités sont fortes.

3 Les outils de mesure dynamiques des inégalités

■ Si les quantiles et la courbe de Lorenz constituent des outils de mesure statiques des inégalités (puisqu'on raisonne sur une année donnée), il est également possible d'utiliser des outils de mesure dynamiques des inégalités, afin de voir si les inégalités se reproduisent ou non de génération en génération. Il s'agit donc d'évaluer la persistance des inégalités économiques entre parents et enfants.

■ Par exemple, la corrélation de revenus parents-enfants mesure l'impact du revenu des parents sur celui des enfants. Il existe en effet une corrélation positive entre les revenus des parents et ceux de leurs enfants. Autrement dit, les deux variables évoluent dans le même sens. Cette corrélation se double d'une relation de causalité : c'est le revenu des parents qui impacte le revenu futur des enfants.

■ On est ainsi amené à calculer l'élasticité intergénérationnelle des revenus. En France, cette élasticité vaut 0,4 environ, ce qui signifie qu'une hausse (ou baisse) de 1 % du revenu des parents fera en moyenne augmenter (ou diminuer) de 0,4 % le revenu futur des enfants.

La diversité des conceptions de la justice sociale

Fiche 63

1 L'égalité prend des formes différentes

Il existe une multitude de conceptions de la justice sociale : quelles disparités sont justifiées ? Lesquelles ne le sont pas ? Quel type d'égalité la société doit-elle assurer ? Le choix des réponses à ces questions est idéologique et relève donc du politique.

L'égalité des droits suppose que tous les citoyens sont traités de la même manière par le droit afin d'empêcher l'arbitraire de la Justice.

Mots-clés

Justice sociale : ensemble des principes visant à favoriser l'égalité au sein d'une société. Cette égalité prenant des formes différentes (égalité des droits, des chances ou des situations) et difficilement conciliables entre elles, il revient donc à la société de définir quelle forme d'égalité privilégier.

L'égalité des chances est le principe selon lequel les individus peuvent accéder à toutes les positions sociales auxquelles ils aspirent et donc acquérir tous les biens et services qui satisferont leurs besoins, en vertu du principe de méritocratie : les positions sociales (et donc les biens) s'acquièrent par le talent, le travail et les efforts, indépendamment de la position sociale d'origine.

L'égalité des situations (ou égalité matérielle ou égalité réelle) est le principe selon lequel les chances d'accès aux ressources matérielles (revenus, logement, patrimoine en général…) sont réelles, effectives.

2 La justice sociale fait l'objet de débats

Quelle forme d'égalité les pouvoirs publics doivent-ils privilégier pour assurer la justice sociale ? Cette question fait l'objet de vifs débats entre les différents courants de pensée.

L'utilitarisme prône l'accès du plus grand nombre au bonheur par le confort matériel. La collectivité doit assurer un partage des ressources. Dans cet état d'esprit, Jeremy Bentham (1748-1832) définit les fondements de la justice sociale qui doivent reposer sur le principe du « plus grand bonheur pour le plus grand nombre ». Il faut assurer une maximisation du bien-être collectif, entendue comme la maximisation de la somme des utilités individuelles. Chaque individu a le même poids qu'autrui et l'utilitarisme est censé garantir l'égale considération de tous les intérêts.

Le libéralisme économique ou le libertarisme prône l'égalité des droits : celle-ci suffit à rendre une société juste. Le libéralisme

Vu !

économique insiste sur les effets positifs du marché et de la concurrence sur les comportements sociaux. La réussite étant le résultat du mérite personnel, il suffit de s'impliquer pour réussir. Les inégalités ne sont alors pas perçues comme négatives, puisqu'elles correspondent à des talents et des efforts différents, et ne nécessitent pas d'intervention extérieure (État).

■ Il ne faut pas le confondre avec l'égalitarisme libéral qui prône l'égalité des chances de réussir et qui suppose que les pouvoirs publics interviennent. L'égalitarisme libéral prône ainsi l'équité : certaines inégalités (de droits) sont souhaitables, à condition qu'elles améliorent le sort des plus défavorisés (plus grande égalité des chances). L'égalitarisme libéral cherche donc à encourager les discriminations positives.

■ Quant à l'égalitarisme strict, il prône l'égalité réelle des situations (suppression de toutes formes d'inégalités).

3 L'égalitarisme libéral contre l'égalitarisme strict

■ L'égalitarisme libéral estime qu'il faut concilier le principe de liberté et celui de différence. L'égalitarisme strict veut une réduction de fait des inégalités.

■ Dans la démarche prônant un égalitarisme libéral, initiée par John Rawls, les libertés individuelles doivent être garanties et certaines inégalités socio-économiques sont tolérables dans une société juste. Il faut que ces inégalités favorisent le sort des plus démunis, tout en garantissant une égalité des chances. C'est dans cette perspective que doivent être mises en place des politiques de discrimination positive : donner plus de moyens (école, logement), afin de réduire l'inégal accès aux ressources et améliorer la condition des plus pauvres.

Exemples

La loi sur la parité en p tique (du 6 juin 20 l'octroi de bourses d'étu l'instauration de quota travailleurs handicapés c les entreprises de plus 20 salariés, le dispositif conventions d'éduca prioritaire à Sciences P sont autant d'exemples discriminations positives

■ Dans la démarche prônant un égalitarisme strict, l'égalité des droits ne suffit pas, surtout si la société est inégalitaire car elle légitime et reproduit alors les inégalités. C'est plutôt dans les faits qu'il faut agir, pour que le quotidien soit réellement amélioré. D'où l'urgence de resserrer les positions sociales, ce qui doit assurer une meilleure cohésion sociale et davantage de solidarité.

L'action des pouvoirs publics en matière de justice sociale

Fiche 64

1 Une action possible dans différents domaines

Les domaines d'intervention des pouvoirs publics sont nombreux. La **fiscalité**, par exemple, est un outil privilégié des politiques publiques en matière de justice sociale. L'impôt sur le revenu vise à trouver des financements et à corriger en partie les inégalités de la **répartition primaire**, d'où son caractère progressif.

Zoom

Les pouvoirs publics peuvent intervenir dans quatre domaines : la fiscalité, la protection sociale et les services collectifs (les deux étant liés), les mesures de lutte contre les discriminations.

On appelle **redistribution** le prélèvement de cotisations sociales sur tous les revenus primaires et la répartition des allocations ou prestations sociales (revenus de transfert) au profit des revenus primaires les moins élevés. On distingue la redistribution **verticale** (des plus aisés vers les moins aisés) et la redistribution **horizontale** (de certaines catégories vers d'autres, indépendamment du revenu initial : des biens portants vers les malades, des actifs occupés vers les retraités et les chômeurs…).

Les recettes fiscales obtenues permettent de financer les services publics et les politiques et mesures gouvernementales. C'est le cas des services collectifs, tels que les transports publics, l'enseignement public, la protection sociale (qui permet de rendre les soins de santé accessibles à tous). Toutefois, l'action des pouvoirs publics rencontre de nombreuses limites.

2 De la lutte contre les discriminations au principe de discrimination positive

L'État français ne peut pas rester indifférent aux 14,8 % de pauvres et aux plus de 3,5 millions de chômeurs (inscrits en catégorie A). La **réglementation** est une façon relativement efficace de modifier certaines pratiques sociales. Par exemple, en imposant un seuil de 20 % de logements sociaux dans les nouveaux plans d'urbanisme, en obligeant les employeurs à accorder les mêmes salaires aux hommes et aux femmes pour un travail égal…

Même si on ne peut pas vraiment parler de politique contre les discriminations proprement dites en France, de nombreuses mesures ou plans ciblés s'adressent à des publics spécifiques. L'École fait ainsi l'objet d'une démocratisation et d'une

Vu

massification favorisées par les politiques successives, dans l'esprit de l'égalité des chances.

■ Dans certains cas sont mises en place des politiques de discrimination positive : il s'agit d'accorder plus de moyens aux catégories sociales qui sont les plus défavorisées pour réduire un peu les écarts avec le reste de la société. C'est l'esprit de la politique d'éducation prioritaire ou de l'octroi des bourses, des lois sur la parité femmes/hommes ou des mesures en faveur du logement social.

3 L'efficacité de l'intervention des pouvoirs publics fait débat

■ Derrière la critique de l'État-providence se cache la défense du marché et de la concurrence, comme organisation supérieure et seule condition du bien-être collectif. L'entreprise se plaint d'être trop réglementée et trop fiscalisée, ce qui limite ses marges de manœuvre. Les ultra-libéraux insistent sur le coût des dépenses publiques et sur leurs effets sur le déficit public et l'endettement de l'État.

■ La question fiscale est également centrale : les agents peuvent avoir un faible consentement à l'impôt en cas de pression fiscale élevée.

Chiffres-clés

En 2020, selon une étu de l'OCDE, la France est pays développé où la p des prélèvements obli toires (impôts et cotisatio sociales) dans le PIB est plus élevée. Les prélè ments obligatoires rep sentent en effet 44 % du français.

■ Dans l'esprit libéral (au sens économique), les inégalités sont non seulement justifiées (méritocratie), mais tenter de les corriger est vain (inefficace et coûteux), voire contre-productif (en gênant les entreprises). L'effet pervers serait en effet de créer une « désincitation » à réaliser des efforts (on parle de « trappe à l'inactivité » lorsqu'une personne reçoit plus sans travailler qu'en travaillant).

■ Toutefois, l'impôt sur la fortune et sur les revenus, les cotisations sociales et le reversement des allocations sociales corrigent nettement une partie des inégalités de revenus (déplacement de la courbe de Lorenz vers la gauche : voir fiche 62). En 2015, le rapport entre le revenu moyen des 10 % les plus aisés et celui des 10 % les plus modestes a été divisé par 4 après les impôts et les cotisations sociales. Cependant, malgré ces tentatives de correction, les inégalités restent relativement importantes.

Cartes RÉVIS'EXPRESS

Révisez les points clés des fiches 61 à 64

Fiche 65

Les inégalités et la justice sociale

CARTE 1

Comment définir les inégalités économiques ?

↪ Fiche 61

CARTE 2

En quoi les inégalités sont-elles cumulatives ?

↪ Fiche 61

CARTE 3

Que désigne le premier décile de revenu ?

↪ Fiche 62

CARTE 4

À quelle répartition du revenu ou du patrimoine correspond la diagonale sur le graphique représentant la courbe de Lorenz ?

↪ Fiche 62

CARTE 5

Quelle forme d'égalité le libertarisme économique privilégie-t-il ?

↪ Fiche 63

CARTE 6

Quelles inégalités sont perçues comme justes dans l'égalitarisme libéral ?

↪ Fiche 63

CARTE 7

Qu'est-ce qui différencie la redistribution verticale de la redistribution horizontale ?

↪ Fiche 64

CARTE 8

En quoi consistent les politiques de discrimination positive ?

↪ Fiche 64

Vu !

Réponses

CARTE 1

Les inégalités économiques désignent l'ensemble des différences de distribution des revenus et de détention du patrimoine contribuant à hiérarchiser les individus.

CARTE 2

Les inégalités sont cumulatives car elles ont tendance à s'alimenter entre elles et à s'auto-entretenir, créant ainsi un cercle vicieux.

CARTE 3

Le premier décile de revenu correspond au revenu maximal perçu par les 10 % des individus ou des ménages les plus démunis de la population totale.

CARTE 4

Cette diagonale se nomme « droite d'équirépartition » et correspond à une répartition parfaitement égalitaire des revenus ou du patrimoine.

CARTE 5

Le libertarisme économique privilégie l'égalité des droits entre les individus. Charge à chacun ensuite d'exprimer ses talents et d'être méritant.

CARTE 6

L'égalitarisme libéral défend l'idée qu'il est juste de n'accorder des avantages qu'à une population ciblée si cela permet d'améliorer le sort des plus démunis.

CARTE 7

Contrairement à la redistribution verticale, la redistribution horizontale s'effectue entre catégories de ménages, indépendamment du niveau des revenus (ex. : actifs → retraités).

CARTE 8

Ces politiques consistent à accorder des avantages ou des moyens supplémentaires aux catégories sociales les plus défavorisées, afin de réduire les écarts de situations.

L'agenda public et l'articulation des politiques environnementales

Fiche 66

1 De nombreux acteurs agissent dans la coopération et/ou le conflit

■ Les citoyens, les entreprises, les associations, les groupements défendent des intérêts différents qui parfois s'opposent et créent des rapports de force.

■ Les élus, qui participent au pouvoir politique, connaissent les problèmes de terrain et sont les interlocuteurs privilégiés des citoyens mobilisés. Les partenaires sociaux ne sont pas en reste, qu'il s'agisse du patronat (MEDEF, FNSEA) ou des syndicats de salariés. Quant à la société civile organisée, elle est composée de citoyens qui agissent aux côtés des associations.

■ Les interactions s'articulent ainsi autour de dynamiques de conflit et de coopération. L'idéal est d'assurer une coopération qui garantit le consensus et une sécurisation des processus décisionnels, pour pouvoir porter des projets constructifs dans l'optique d'atteindre des objectifs communs. Mais c'est plus difficile à réaliser dans les faits en raison de divergences d'intérêts entre les acteurs.

■ Ainsi le conflit est-il nécessaire pour dénoncer des scandales, contester des mauvais choix, exprimer sa colère, revendiquer des choix alternatifs, faire céder le pouvoir… Mais encore faut-il que les acteurs aient une capacité médiatique de mobilisation.

2 L'environnement, problème public et préoccupation de l'agenda politique

■ La médiatisation d'un problème soulevé par un acteur peut mobiliser une partie de l'opinion publique et exercer des pressions sur les dirigeants. Ces derniers sont ainsi conduits à inscrire une question devenue un problème public à l'agenda politique.

■ L'environnement, les ressources naturelles (renouvelables et surtout non renouvelables), les autres biens publics mondiaux, et les dégâts et dérèglements qui y sont associés, suscitent de vives

Exemple

Les détracteurs d'un célèbre herbicide, qui affirment que celui-ci provoque des cancers, ont attiré l'attention des médias et des associations écologiques qui, à leur tour, ont permis une mobilisation nationale et internationale pour obliger les pouvoirs publics à réglementer ce produit, voire à l'interdire.

inquiétudes. La mise en lumière d'un problème environnemental permet de le transformer en problème public : il devient sujet d'attention collective et est considéré comme problématique pour une partie de la communauté.

3 L'importance du « penser global, agir local » et la diversité des échelles

■ « Penser global, agir local » signifie que les préoccupations environnementales sont planétaires tandis que les modes d'action doivent être à l'échelle des citoyens.

■ L'atmosphère, les océans, l'eau potable, la biodiversité… sont des biens communs, c'est-à-dire des biens non excluables (pas de droit de propriété individuelle) et rivaux (la consommation par un agent diminue les quantités disponibles pour les autres). La montée de l'individualisme est à l'origine de la « **tragédie des biens communs** » (*tragedy of the commons*) : la recherche de bien-être individuel pouvant conduire à porter atteinte au bien-être collectif.

Expression-clé

La **tragédie des biens co[mmuns]** est une express[ion] utilisée par les économis[tes] pour désigner la surexpl[oi]tation des ressources na[tu]relles, lorsque plusie[urs] individus utilisent u[ne] ressource librement dis[po]nible en quantité limitée surpêche et la raréfact[ion] de certaines espèces [de] poissons qui en résulte illustrent la tragédie [des] biens communs.

■ Les États et certaines institutions internationales ont la responsabilité de préserver la planète et de limiter le réchauffement climatique. Mais toutes les nations ne respectent pas les engagements pris lors des conférences internationales (Sommets de la Terre organisés depuis 1972, COP…) et certaines se retirent des traités (protocole de Kyoto visant à la réduction des émissions de gaz à effet de serre, l'Agenda 21, l'accord de Paris sur le climat…).

■ L'Union européenne peut se faire le relais des décisions internationales ou prendre des initiatives, en inscrivant les États membres dans une dynamique nouvelle. Car ce sont bien les États qui sont en mesure de mettre en place des politiques environnementales et climatiques : choix des objectifs, des moyens, des acteurs locaux à solliciter…

Les difficultés de mise en place des politiques climatiques

Fiche 67

1 Les moyens à la disposition des pouvoirs publics en matière de politique climatique

■ Plusieurs démarches existent pour limiter les effets des activités humaines sur le climat (réchauffement et déséquilibres associés sur l'environnement naturel) et promouvoir un développement durable : l'action préventive éduque, anticipe les problèmes et tente d'éviter les risques ; la punition (principe du pollueur-payeur) fait payer pour dissuader ; la correction (par exemple, en nettoyant les plages polluées) essaye de réparer certains dégâts.

Zoom

Le marché des quotas d'émissions de CO_2 est fondé sur le principe du pollueur-payeur : les entreprises ont une quantité donnée de droits à polluer. Les moins polluantes peuvent en revendre une partie ; les plus polluantes en acheter.

■ Les pouvoirs publics peuvent faire appel à la réglementation, en imposant des lois et des normes qui encadrent les activités des agents économiques. Il s'agit d'interdire ou de limiter certaines externalités négatives. Par exemple, les normes de performance énergétique concernant les constructions de logements neufs ou la mise en place de la circulation alternée lors de pics de pollution relèvent de la logique de la réglementation.

■ La taxation (taxe carbone) et les subventions (primes énergétiques) répondent à d'autres logiques : il s'agit de faire payer ou d'aider à l'achat de biens écologiques. Les agents économiques sont incités par l'État à investir dans les équipements écologiques et les énergies alternatives.

■ La taxation environnementale ou écotaxe (taxe carbone) et les subventions (primes à l'achat d'un véhicule électrique) consistent pour les pouvoirs publics à corriger les prix du marché, en y intégrant le coût des externalités négatives, pour inciter à des modifications de comportement. Les agents économiques responsables de la pollution doivent en payer les conséquences tandis que ceux qui contribuent à l'amélioration de la qualité de l'air sont récompensés.

2 Des moyens complémentaires

■ La panoplie des moyens dont disposent les pouvoirs publics est large. Ils présentent tous des avantages et des inconvénients, ce qui les rend complémentaires.

Vu !

La tentative d'ajuster le prix des matières premières et énergétiques à leur degré de rareté n'est pas à négliger et peut faire réfléchir, mais elle n'a pas suffi à reconstituer les stocks de ressources naturelles, ni à réorienter la croissance.

L'intérêt principal de la réglementation est d'imposer des règles, des normes, des interdictions, mais la faire respecter n'est pas toujours évident. Une réglementation limitée aux frontières nationales n'est pas viable à moyen terme en raison du contournement possible des règles. Choisir un type de réglementation suppose la mise en place de politiques environnementales volontaristes et efficaces.

Les bourses d'échanges et le principe des droits à polluer peuvent également faire prendre conscience des enjeux environnementaux, mais ils ne remettent pas en cause la pollution induite par la croissance. C'est d'ailleurs de plus en plus à la communauté de prendre en charge les coûts des externalités négatives issues de l'égoïsme d'entreprises responsables des dégâts, qui ne les internalisent pas de façon spontanée.

3 Les limites de la politique contre le réchauffement climatique

Au-delà des limites respectives des différents instruments des politiques climatiques, on peut souligner les limites inhérentes à la dynamique mondiale.

Les résistances de certains agents (égoïsme, lobbies, notamment des firmes transnationales) et le manque de moyens financiers constituent de véritables freins aux politiques environnementales.

Expression-clé

L'expression passa[ger] clandestin qualifie [le] comportement d'un ag[ent] économique qui consi[ste] à bénéficier des gains d['un] effort collectif sans av[oir à] en supporter individue[lle]ment les coûts.

Le phénomène de passager clandestin, dans la mesure où tout le monde peut profiter de l'environnement qui est un bien commun, alors que seuls certains agents et les pouvoirs publics prennent en charge financièrement sa gestion en en supportant les coûts sociaux, constitue également une limite importante.

Ce phénomène de passager clandestin se retrouve chez certaines nations qui refusent de prendre part aux politiques climatiques. Se pose ainsi la question de la justice climatique, puisque l'amélioration de la qualité de l'air profite à tous les pays, même à ceux qui n'ont pas participé au financement (très coûteux) de la politique climatique, chaque pays a intérêt à attendre que les autres le fassent pour lui.

Cartes RÉVIS'EXPRESS

Révisez les points clés des fiches 66 et 67

Fiche 68

L'action publique pour l'environnement

CARTE 1

Quels sont les acteurs impliqués dans la mise à l'agenda politique des questions environnementales ?

→ Fiche 66

CARTE 2

Que signifie la formule « penser global, agir local » ?

→ Fiche 66

CARTE 3

À quelle catégorie de bien appartiennent les éléments qui composent l'environnement ?

→ Fiche 66

CARTE 4

En quoi consiste la réglementation en matière environnementale ?

→ Fiche 67

CARTE 5

Sur quelle logique commune reposent la taxation environnementale et les marchés de quotas d'émissions ?

→ Fiche 67

CARTE 6

Pourquoi peut-on dire que les instruments de la politique climatique sont complémentaires ?

→ Fiche 67

CARTE 7

Quels sont les inconvénients de la réglementation environnementale ?

→ Fiche 67

CARTE 8

Pourquoi la politique climatique se heurte-t-elle au problème du passager clandestin ?

→ Fiche 67

Vu !

Réponses

CARTE 1

Les associations, les citoyens, les élus et les entreprises sont les différents acteurs qui participent à la mise à l'agenda politique des questions environnementales.

CARTE 2

La formule « penser global, agir local » signifie que les préoccupations environnementales sont planétaires tandis que les modes d'action doivent être à l'échelle des citoyens.

CARTE 3

L'environnement est un bien commun car il est à la fois rival et non excluable.

CARTE 4

La réglementation environnementale consiste à imposer des normes visant à interdire ou à limiter certaines activités à externalités négatives.

CARTE 5

La taxation environnementale et les marchés de quotas d'émissions reposent sur une logique incitative. Dans les deux cas, il s'agit de donner un prix à la pollution afin de modifier les comportements des agents économiques.

CARTE 6

Les instruments de la politique climatique sont complémentaires puisqu'ils présentent tous des avantages et des inconvénients, d'où la nécessité de les utiliser conjointement.

CARTE 7

La réglementation environnementale est difficile à faire respecter, car il existe des risques importants de contournement des normes.

CARTE 8

En matière de politique climatique, certains pays adoptent une stratégie de passager clandestin car l'amélioration de la qualité de l'air profite à tous, même à ceux qui n'y ont pas contribué.